# PISTOLE, GAMBE, FANTASMI E GANGSTER

## I CASI DI TURNER HAHN E FRANK MORALES LIBRO 2

B.R. STATEHAM

Traduzione di
MARCELLA DI CINTIO

# INDICE

## L'INCANTEVOLE IRENE

Dunque, in breve, ecco cosa è successo. Vediamo se riuscite a venirne a capo.

Hanno ritrovato il corpo seduto in posizione eretta sulla tazza di un water, accasciato su una delle pareti metalliche del bagno pubblico, morto stecchito. Causa apparente, la lama di un coltello molto grande che spuntava dal petto del cadavere. L'uomo era sulla trentina, un contabile di una grande banca, celibe, a detta di amici e parenti, un uomo molto simpatico senza un nemico al mondo.

Beh, sapete, in quella scena sembrava esserci qualcosa di molto sbagliato.

Sul pavimento piastrellato, a destra della tazza del gabinetto c'era una grande valigetta di pelle: intatta e molto pesante. Sul piccolo appendiabiti sul retro della porta della toilette c'era un trench pesante, di quelli costosi, ancora parzialmente bagnato dall'acquazzone che infuriava fuori. Un'ora prima, al ritrovamento del corpo, l'addetto alla sicurezza dell'edificio aveva giurato di aver visto una serie di tracce bagnate che portavano verso il bagno degli uomini e direttamente al bagno che il morto occupava. Le tracce andavano in una sola direzione.

Un rapido controllo delle telecamere di sicurezza mostrava chiaramente il defunto uscire dall'ascensore ed entrare nell'atrio dell'edificio. Tre diverse telecamere inquadravano la vittima che camminava attraverso l'ampio atrio, con la valigetta in una mano e il trench bagnato nell'altra, mentre si dirigeva verso il bagno degli uomini. Poi, la vittima era entrata nel bagno e non ne era più uscita. Nessun altro era entrato in quel bagno fino a circa trenta minuti dopo la vittima. L'addetto alla sicurezza, impegnato nella ronda notturna, aveva trovato il morto controllando i bagni.

Ora, ecco il dettaglio interessante. Niente tracce di sangue. Nessun sospettato. Nessuna possibilità che un assassino entrasse o uscisse dalla scena del crimine senza essere registrato dalle telecamere. Potrebbe risultarvi scioccante, amici miei, ma se infili la lama di un coltello nel petto di un uomo il sangue schizzerà ovunque. Ma non questa volta. Non una goccia di sangue, da nessuna parte. Compreso il cadavere.

Quando il nostro piccolo specialista forense Joe Weiser, masticatore seriale di gomme, ci comunicò che non c'era sangue nel corpo e che non c'era traccia di sangue nel bagno degli uomini, mi venne da sorridere, infilai le mani nelle tasche dei pantaloni, e mi girai a fissare il mio compagno. Frank Morales, per chi non lo sapesse, è un uomo di Neanderthal. Beh, non nel vero senso della parola. Ma se dovessimo immaginarci un moderno Neanderthal, avrebbe il suo aspetto. Una mascella così possente che potrebbe masticare cemento armato come spuntino, collo praticamente assente, capelli di un brillante color carota che si rifiutavano assolutamente di essere pettinati. Complessivamente, il suo corpo sembrava un blocco di cemento, sebbene fosse alto circa un metro e ottanta. Grosso, duro e solido. La tendenza naturale è quella di pensare che qualcuno così bello debba essere per forza stupido come una capra. Ma, amici miei, si sbagliano di grosso.

Mi guardò con i suoi occhi marrone scuro, fece una faccia acida e rimbombò come un reattore russo mal regolato.

"Odio queste situazioni di merda. Mi fanno venire mal d testa. Vado in macchina a mangiare tacos. Chiamami se hai bisogno."

Si voltò e si allontanò. Non si diresse verso la nostra macchina parcheggiata lungo il marciapiede sotto la pioggia battente, ma verso l'interno dell'edificio. Sorrisi, sapevo che stava tornando all'ufficio della sicurezza per rivedere di nuovo i nastri. Mi girai e tornai verso il bagno degli uomini per dare una seconda occhiata.

Ora chiedetevi questo. Come diavolo fa un tizio a uscire da un ascensore, attraversare un atrio vuoto di un grande edificio alle due del mattino di una domenica piovosa, entrare nel bagno degli uomini e piantarsi un grosso coltello da macellaio nel petto. Da solo. Non c'è nessuno ad aspettarlo nel bagno degli uomini. Nessuno esce da quel bagno. Omicidio? Un suicidio piuttosto raccapricciante? Se si fosse trattato di un suicidio, il bastardo doveva essere proprio determinato a farla finita per arrivare a piantarsi un coltello nel cuore, da solo. E a guardare quel bagno, gli dovevo i miei complimenti.

Ma non credevo fosse un suicidio. Di solito la gente non si uccide così. Specialmente un ragazzo felice e pieno di successo come lui.

Esaminai di nuovo, con attenzione, il bagno degli uomini. Cercavo qualcosa, qualsiasi cosa, che io e Frank avessimo potuto tralasciare la prima volta. La scientifica era andata e venuta, senza trovare nulla di strano. Sentivo questa vocina fastidiosa in testa che mi diceva che stavamo trascurando qualcosa. Qualcosa di piccolo. Qualcosa di banale. Ma qualcosa di importante. Questo era il problema. Non avevo la minima idea di cosa potesse essere. Frustrato, uscii dal bagno degli uomini, attraversai l'atrio vuoto con il suo pavimento di piastrelle nere lucide e mi fermai di fronte alla serie di ascensori che stavano lì fermi, in silenzio. In particolare, mi piazzai davanti a quello che il morto aveva usato poco prima di uscire. Poco prima di uscire di scena per sempre.

Premendo il pulsante le porte nere dell'ascensore si aprirono con un vago sibilo e io entrai. Le porte si chiusero dietro di me e tutto divenne silenzioso. La scientifica aveva esaminato l'ascensore. C'erano circa un milione di impronte diverse rilevate sui comandi, sul corrimano che circondava l'interno della cabina e sulle porte stesse. Ci sarebbero volute settimane per classificarle tutte. Girandomi, spinsi il pulsante dieci e sentii la cabina dell'ascensore mettersi in moto e iniziare la sua salita. Perché dieci, vi chiederete. Il decimo piano era dove lavorava il nostro morto. Un grande ufficio contabilità. Ci lavoravano un bel po' di cervelloni mangianumeri. Ufficio vuoto, ovviamente, durante il fine settimana. Allora perché il nostro uomo era qui alle due del mattino di domenica?

Chi lo sa.

Cominciai a camminare per il corridoio vuoto del decimo piano, osservando con curiosità tutti gli uffici vuoti e chiusi a chiave. Le luci del corridoio erano abbassate. Le ombre giocavano sulle pareti. Era silenzioso come un monastero. Non so cosa stessi cercando. Non mi aspettavo di trovare qualcosa. In realtà, mi trascinavo in giro come un cervo smarrito, con quella voce fastidiosa nella testa che diventava sempre più forte. Non riuscivo a capire cosa mi preoccupasse. Passai al setaccio il decimo piano, poi scesi al nono e feci lo stesso, prima di scendere all'ottavo.

All'ottavo piano, trovai un paio di cose che attirarono la mia attenzione.

La prima cosa era il pavimento estremamente lucido.

Anche con la luce fioca degli uffici vuoti la lucentezza era immediatamente visibile e altrettanto impressionante. Era il Markle Building tra Hesston e la Settima. Un solido edificio di dieci piani nero e cromato dal marciapiede al tetto. Vetrate nere ovunque e lunghe colonne di acciaio cromato in fessure verticali per contrasto. Una gioia per gli occhi, architettonicamente parlando. I pavimenti interni erano di piastrelle nere, lucidate a nuovo.

Appena uscito dall'ascensore notai il pavimento. La manutenzione aveva appena finito di lucidare le piastrelle. Era lampante. Non c'era un graffio, un'impronta, né un granello di polvere da nessuna parte, dalle porte dell'ascensore fino a forse sette o dieci metri da terra. Dopo le prime due serie di uffici c'era una porta che portava alla tromba delle scale dell'edificio. È lì che vidi la l'anomalia numero uno. Le inconfondibili tracce di qualcuno che spingeva ondeggiando un pesante carrello a quattro ruote sul pavimento e si fermava davanti alla porta delle scale. Sapete di che tipo di carrello sto parlando. Quello in cui si caricano scatole e casse e lo si spinge da un posto all'altro. Il tipo usato soprattutto negli uffici per portare in giro sacchi di posta e altre cose.

Nella luce fioca, notai le tracce che costeggiavano il muro e scomparivano nell'ombra. Incuriosito, seguii le tracce ed ecco che lo vidi. Le luci al neon luminose e colorate di un edificio dall'altra parte della strada lampeggiavano attraverso le vetrate del Markle Building, si riflettevano sulle pareti di vetro di una serie di uffici legali facendo giochi di luce sulle piastrelle nere del pavimento in una lunga e stretta banda di luce multicolore. Ed eccola lì. Circa le dimensioni di una gomma da matita nuova. Una chiazza di sangue rappreso.

In ginocchio, tenendomi in equilibrio sulle punte dei piedi nell'oscurità del corridoio, fissai il grumo di sangue per un secondo o due. Poi alzai lo sguardo e guardai la porta da dove provenivano le tracce del carrello. Era una serie di doppie porte di vetro con grandi scritte dorate che annunciavano chi c'era dentro.

*Schumer & Schumer.*

Ecco l'illuminazione. Quella voce assillante. Sapevo cosa stava cercando di dirmi. L'impermeabile del morto. I nastri mostravano il nostro uomo morto che usciva dall'ascensore *con il* suo impermeabile umido su un braccio. Un impermeabile *umido.* Non un cappotto bagnato fradicio da "Ho nuotato in un fottuto monsone". Solo umido. Come se fosse già stato nell'edificio per un po' prima di scendere con l'ascensore verso la morte. Il parcheggio assegnato a Schumer & Schumer era all'ultimo piano del garage accanto. La società d'investimenti aveva anche il suo ingresso privato, che collegava i loro uffici direttamente all'edificio del parcheggio.

Alzandomi, scavalcai il grumo di sangue e mi avvicinai alle porte di vetro della società. Era chiuso a chiave. Feci un passo indietro, accigliato. Sobbalzai leggermente quando il cellulare all'interno della mia giacca sportiva suonò improvvisamente.

"Sì?"

"Scendi nell'ufficio della sicurezza, piedipiatti. Ho qualcosa da farti vedere."

Un mezzo sorriso mi spuntò sulle labbra. Frank che mi chiamava piedipiatti faceva ridere. Soprattutto guardando i suoi piedi. Piedipiatti è anche un'offesa per gli agenti di polizia in uniforme, cosa che entrambi eravamo stati all'inizio della nostra carriera.

"Anch'io ho qualcosa da dirti, caro", dissi, sorridendo di più, "ma fammi un favore. Trova il custode dell'edificio, digli di salire all'ottavo piano e di aprire gli uffici di Schumer & Schumer. Dobbiamo dare un'occhiata lì dentro."

Un paio di minuti più tardi entrai in un piccolo ufficio nel seminterrato, disordinato e pieno di roba accatastata, che veniva usato dal personale di sicurezza dell'edificio. Una parete era piena di monitor di computer. Un'altra era colma di scaffali dove si affollavano una serie di videocassette, scatole di attrezzature digitali e altre cassette ancora. Una terza parete era rivestita di armadietti di metallo con etichette adesive che riportavano i nomi degli impiegati della sicurezza. Al centro della stanza c'erano una scrivania, una sedia da ufficio e altri monitor. Frank era in piedi accanto alla parete di schermi con un telecomando in una mano, mentre studiava attentamente un monitor.

"Che cos'hai?" Chiesi, chiudendo la porta dell'ufficio dietro di me.

"Che cos'hai tu?", replicò borbottando.

Gli dissi dell'ottavo piano, delle tracce del carrello, del sangue e della mia teoria sul nostro morto e sul suo impermeabile. Emise un suono simile a un grugnito e annuì con la testa.

"Questo spiegherebbe perché non ho trovato la registrazione con il nostro uomo che entra. Ho un'immagine di lui che esce venerdì sera verso le sette meno un quarto. Ma non ho idea di quando sia tornato in ufficio. Però ho trovato qualcos'altro. Vuoi vederlo, fidati."

Sollevò il telecomando, lo puntò verso un monitor e cliccò. Immediatamente le immagini dell'atrio cominciarono a riavvolgersi rapidamente.

"Guarda."

Guardai.

Frank fece scattare di nuovo il telecomando e il riavvolgimento si fermò. Le immagini cominciarono a scorrere normalmente. Un atrio vuoto al mattino presto, poi il traffico di gente, un sacco di traffico. Uomini e donne in abiti da lavoro, falegnami, idraulici ed elettricisti che entravano e riempivano l'atrio ed entravano e uscivano dai bagni delle donne e degli uomini.

"Il sovrintendente ha detto che entrambi i bagni sono stati chiusi per un grosso intervento di manutenzione. Gli operai sono arrivati ieri verso mezzogiorno, hanno messo i cartelli 'fuori servizio' ovunque, hanno recintato i bagni e non se ne sono andati fino alle sette di ieri sera. Ora guardate. Stiamo arrivando a quando hanno finito."

I miei occhi tornarono al monitor. Le immagini cominciarono a muoversi. Tutti si stavano sistemando e preparando per andar via. Andarono tutti via alle 19.23, uno dopo l'altro. Alle 19:28 un operaio, che spingeva un pesante carrello a quattro ruote, entrò nell'inquadratura e scomparve nel bagno degli uomini. Sul carrello c'era una grande scatola di cartone. Molto grande. Dieci minuti dopo, la figura esce dal bagno degli uomini e scompare dallo schermo, spingendo sempre lo stesso carrello con la grande scatola.

"Hai visto? Li hai visti tutti e due?"

Lanciai un'occhiata interrogativa a Frank e poi guardai di nuovo lo schermo mentre riavvolgeva le immagini.

"Ho visto il tizio spostare il carrello molto più facilmente. Come se qualsiasi cosa stesse portando nel cesso sembrasse molto più leggera all'uscita."

Frank, storcendo visibilmente l'angolo delle labbra, mi disse che la mia vista da vicino lo faceva ridere. Allora mi avvicinai ai monitor e diedi una seconda occhiata. L'operaio entrava nel bagno degli uomini con scatola e carrello pesante. Alto circa un metro e ottanta. Magro, portava un berretto da baseball tirato basso sulla faccia. Non c'era modo di identificarlo. Ma, stringendo gli occhi, finalmente lo vidi. Mi girai e guardai quel figlio di puttana con il suo sorriso storto.

"E' una donna?"

Frank annuì, poi sollevò il telecomando e cominciò a far scorrere velocemente una serie di altre immagini.

"I nastri di sicurezza vengono sostituiti ogni dodici ore. A mezzogiorno e a mezzanotte. Guarda questo."

Il mio sguardo tornò al monitor. Era il nostro uomo morto che usciva dall'ascensore e camminava verso la morte. Camminava verso il bagno, e forse venticinque secondi dopo, la porta del bagno si spostava di un pelo. Un movimento appena percettibile. A meno che, naturalmente, non lo si cercasse di notare, cosa che, a quanto pare, Frank aveva fatto.

Alzò il telecomando, fermò l'immagine sul monitor e mi guardò. Lo guardai anche io, e facendo spallucce improvvisai:

"L'unica cosa che ho capito è che il nostro assassino era vestito come la vittima", dissi, "e che la vittima era già morta molto prima che lei si vestisse come lui. Lo ha scaricato nel bagno entrando travestita da idraulico. Infila il cadavere in quella scatola. Scarica il corpo, se ne va, poi si traveste da vittima e si lascia deliberatamente filmare mentre esce dall'ascensore e si dirige verso la toilette. Accidenti, che furbetta. Sperava di consegnarci un crimine impossibile da risolvere, dandole così il tempo di fuggire."

Il gigante dai capelli rossi grugnì, annuì e piegò le sue massicce braccia sul petto.

"Allora, come ha fatto a fermare la telecamera?" chiese il mio partner.

"Con questo stesso telecomando. Ha aperto la porta quanto bastava per puntarlo verso l'ufficio della sicurezza. A quanto pare, ha un raggio d'azione sufficiente per spegnere il registratore. È uscita dalla toilette e ha registrato il nastro con le immagini che voleva registrare una volta al sicuro."

"Bene. Sappiamo come è stato commesso l'omicidio. Abbiamo una vaga idea di un possibile sospettato. Sappiamo chi è la vera vittima. Ma non sappiamo nulla, in realtà. Dove è avvenuto l'omicidio? Cosa ha rubato, se ha rubato qualcosa? E perché il nostro contabile è stato assassinato?"

Rivolsi un ghigno al ragazzone. Accigliato, si girò verso di me e inclinò la testa da un lato incuriosito. Mi hanno detto che Frank ha un QI di circa due fantastilioni. Odia quando qualcun altro se ne esce con qualcosa che gli è sfuggito. Come adesso.

"Sputa il rospo, Sherlock. Sono tutt'orecchi."

"Due cose", dissi, sorridendo ancora come un elfo maligno. "Uno, hai parlato con l'addetto alla sicurezza in servizio stasera? Io no. E tu?"

"No", ringhiò Frank, scuotendo la testa. "Il tizio ha parlato con gli agenti. Mi hanno riferito loro le informazioni."

"Non è un lui, mio piccolo Watson troppo cresciuto. Lei. Ha detto agli agenti tutto quello che sapeva e poi ha lasciato l'edificio. Ha detto che doveva essere a casa a una certa ora per permettere alla sua baby-sitter di tornare a casa."

"Quindi la nostra assassina lavorava nell'edificio come guardia di sicurezza. Il che significa che aveva le chiavi per entrare praticamente in ogni ufficio. Ehi, mi piace. Intelligente. Ora, dimmi cos'altro ha elaborato quel tuo piccolo cervello a forma di nocciolina. Muoio dalla voglia di sentirlo."

"Schumer & Schumer. Per cosa sono conosciuti?" Chiesi.

"Investimenti di fascia alta. In particolare, azioni e obbligazioni." Rispose Frank, improvvisamente gli si accese una lampadina. "Oh, ok. Ho capito. La tipa entra e ruba un casino di obbligazioni non rintracciabili. Vecchie obbligazioni al portatore di tanto tempo fa. Dio solo sa quante. Probabilmente milioni."

Momento confessione. Sono ricco. No. Non mi sto vantando. Dico solo la verità. Sono un ricco detective della omicidi. Qualche anno fa un nonno che non sapevo fosse ancora vivo è entrato nella mia vita e mi ha lasciato un'eredità. Milioni di dollari in contanti, azioni, obbligazioni e beni immobili. Da allora ho cercato di giocare d'astuzia e di investirli. Quindi sì, conoscevo abbastanza bene Schumer & Schumer.

"Abbiamo un assassino che gira per la città portando con sé una quantità considerevole di carta di grande valore. Non può prendere un volo commerciale e passare i controlli di sicurezza con tutta quella carta addosso. La TSA farebbe troppe domande. Le obbligazioni hanno cedole che devono essere cambiate personalmente in banca per ottenere il denaro. Sono soldi rubati. Allerteremo tutte le banche e le società d'investimento della città entro domani sera. Ha ucciso qualcuno per ottenere quelle obbligazioni, quindi non ha voglia di restare in città più del necessario. Qual è la sua unica opzione?"

"Deve ingoiare il rospo e venderle al ribasso", disse Frank, le sue labbra si contorsero improvvisamente in un sorriso. "Se fosse fortunata potrebbe ottenere un quarto. Ma il ricettatore deve essere grosso. Qualcuno che possa gestire quella somma di denaro in poche ore. Questo significa che le sue opzioni sono altrettanto limitate."

"Non direi limitate", dissi, sorridendo anch'io. "C'è solo un tizio in città che può recuperare così tanti soldi con così poco preavviso. È lì che stiamo andando adesso."

Erano le prime deboli luci dell'alba quando attraversammo la città con la mia Shelby Mustang bianca del '65. C'era poco traffico nella nostra direzione. Guidavamo spediti. E la Shelby, essendo una Shelby, con quel piccolo blocco Ford V8, faceva le fusa.

La casa era una grande villa. Una villa nascosta dagli alberi con un lungo vialetto che curvava verso la casa e scompariva nella direzione da cui eravamo appena arrivati. Non c'erano luci accese. Tranne una, su un lato, in un'ala della casa che sapevamo essere la biblioteca. Sì... Io e Frank eravamo già stati in quella casa in vesti ufficiali. Conoscevamo abbastanza bene il posto. Il proprietario era un grassone di nome Lewis Hayden. Un ricettatore che prometteva alte ricompense. Comprava qualsiasi cosa, come, per esempio, le obbligazioni al portatore rubate.

Facemmo il giro della biblioteca, con le pistole estratte, e sbirciammo attraverso le finestre. Era seduto su una grossa poltrona, grande come qualcosa su cui si sarebbe seduto Nero Wolfe. Una cameriera stava mettendo tre bicchieri di birra appena spillata su un tavolino davanti a Lewis. L'uomo grasso annuì e mormorò un "Grazie." La cameriera uscì e chiuse le doppie porte della biblioteca dietro di sé. Non c'era nessun altro nella stanza. Solo Lewis e *tre* bicchieri di birra.

Aveva un aspetto minaccioso.

Usai la canna della mia pistola per bussare sulle doppie porte francesi, vedemmo l'omone alzarsi dalla sua comoda sedia e camminare sulla moquette.

"Ah! I detective Hahn e Morales. Che bella sorpresa. Mi avevano detto che presto avrei ricevuto la visita degli eroi della città. Entrate, entrate. Mi sono preso la libertà di tenere pronto un rinfresco in previsione del vostro arrivo."

Entrammo nella biblioteca e seguimmo la sagoma rotonda di Lewis Hayden fino alla sua enorme sedia. Ponderosamente, si abbassò su di essa e prese uno dei grandi bicchieri di birra fredda.

"Per favore, signori. Non fate complimenti. So che lei, sergente Hahn, è un devoto ammiratore del luppolo. Questa è una rara birra, proviene direttamente dalla Germania. Non la vendono qui negli Stati Uniti. Sono sicuro che la troverà deliziosa."

"Chi le ha detto che saremmo venuti?" Frank ringhiò, guardando la birra di colore scuro prima di costringersi a rivolgere la sua attenzione al nostro ospite.

"Una giovane donna deliziosa per la quale ho una profonda ammirazione."

"Come si chiama?" Chiesi, girando la testa e guardando le porte interne della biblioteca. Le stesse porte da cui era appena uscita la cameriera.

"Oh, che fine ironia, detective. Davvero fine."

"È venuta qui e le ha venduto dei vecchi titoli al portatore. Ottenuti attraverso un furto, e aggiungiamoci anche l'omicidio che ha commesso nel mentre."

"Davvero?" Esclamò Hayden, con lo stupore sul volto. "Non ero a conoscenza di un tale crimine, o serie di crimini, mio caro detective."

"Se quelle obbligazioni sono in questa casa, lei è complice di un omicidio. Lo sa questo, vero?"

"Non so proprio che dire, detective Morales."

"Potremmo perquisire la casa", dissi.

"Ci vorrebbe un mandato di perquisizione, mio caro ragazzo. Non transigo a riguardo. E ottenerlo a quest'ora della notte? Oserei dire che sarebbe un processo arduo."

"Quanto tempo fa è stata qui?"

"Dato che me lo chiede Detective Turner, credo che l'abbia vista andarsene poco fa. Buona fortuna con la ricerca. È una persona piena di risorse."

Feci come per dire qualcosa, ma qualcuno iniziò a battere insistentemente sulla porta. Frank mi guardò e annuì, prima di uscire dalla biblioteca ed entrare nella sala principale. Pochi istanti dopo, il grande Neanderthal dai capelli rossi rientrò nella biblioteca, seguito da due agenti in uniforme che sorreggevano una ragazza con i capelli rossi dalla corporatura minuta. Nella mano di uno degli agenti c'era una chiavetta USB, che mi lanciò.

"L'abbiamo trovata che cercava di chiamare un taxi a quest'ora della notte, a un quarto di miglio di distanza.

Abbiamo pensato che fosse strano. Così l'abbiamo presa e portata qui. Sapevamo che tu e Frank stavate lavorando a un omicidio. Abbiamo pensato che forse c'era una connessione."

Agenti Flannery e O'Connor. Figli di immigrati irlandesi diventati poliziotti. Generazione dopo generazione. Entrambi il meglio del meglio, parlando di poliziotti.

Ho preso la penna USB, l'ho guardata per un momento o due e poi ho sorriso.

"Scommetto che qui c'è la password di un conto bancario appena creato in qualche banca off-shore. Soldi trasferiti dal suo conto a questo. Con questa signorina come principale beneficiario. Se ho ragione, entrambi andrete in prigione per molto, molto tempo."

Sembrava che Lewis Hayden stesse per sentirsi male. Ma dategli credito, era uno showman, non poteva rinunciare a stupire la folla.

"Detective, vi presento una giovane donna molto affascinante, si chiama Irene Adler."

"Scherziamo", disse Frank, il mio Watson fuori misura, mentre si voltava a guardare la giovane donna in piedi tra le uniformi, prima di voltarsi a guardare di nuovo me. "Beh, Sherlock. Ce l'hai fatta di nuovo. Congratulazioni."

Infatti, Watson. Infatti.

## CAN CHE ABBAIA

Poco prima, qualcosa di quel ragazzo mi aveva infastidito. Beh, forse era stato più quello che mi aveva *detto* a infastidirmi. Era solo un ragazzino, in realtà. Forse quattordici, quindici anni. Un secchione afflitto dall'acne adolescenziale e innamorato dei videogiochi. Fisico scheletrico, grandi occhi marroni e occhiali con la montatura a filo. Ce ne sono a bizzeffe. Ne trovi in ogni condominio di questa parte della città. Almeno uno per condominio.

Ma una cosa che io e Frank sapevamo per esperienza era che un ragazzo come lui sapeva molto di più di quello che rivelava, di solito. Non perché fosse invischiato in qualche brutto affare. Ma perché di solito se ne stavano zitti, lontani da tutti. Perché, francamente, parliamo di un adolescente secchione pieno di acne che conosceva da intenditore le migliori pizzerie della città.

Chi diavolo vuole essere preso in giro da un secchioncello sdentato?

Con le mani nelle tasche dei pantaloni, fissai il corpo che giaceva sul tappeto logoro del piccolo appartamento. Il nome del morto era Tobin. Cory Tobin. *Il consigliere* Cory Tobin. Cinquantasei anni, sposato, con due figli adulti attualmente iscritti a qualche costosa università della costa orientale. Si diceva che sua moglie valesse più di un miliardo di dollari. Un *miliardo* di dollari. Parliamo di miliardi, baby.

Capite il mio dilemma.

Che diavolo ci fa un uomo come il consigliere Cory Tobin in un bilocale in quella parte della città? A quell'ora del mattino? Con il manico di una specie di coltello orientale che gli sporgeva dal petto con un'inclinazione di dieci gradi?

Sentendo l'edificio tremare leggermente, mi girai e vidi il mio partner uscire dalla piccola camera da letto e puntare dritto verso di me e il cadavere steso sul pavimento. Grosso è una parola che si potrebbe usare per descrivere Frank. Se qualcuno dicesse, "*Gesù Cristo*! Che uomo grosso!" avrebbe ragione. Un po' più di un metro e ottanta, per un peso di circa 100 kg, capelli rossi color carota impossibili da pettinare, folti baffi dello stesso colore e una peluria color carota come barba. Guardava il mondo con piccoli occhi scuri a forma di spillo a cui non sfuggiva nulla. Ecco, quest'incubo, amico, è Frank Morales. Il mio partner.

Ma non lasciarti ingannare, hombre. Si può dire qualsiasi cosa sulle dimensioni e sull'aspetto di Frank. Ma non fare mai l'errore di pensare che sia solo un grosso e stupido poliziotto. Altri l'hanno fatto. Molti. E ora sono al nord, in una prigione o in un'altra, rinchiusi dietro le sbarre per i decenni a venire. Il vecchio cliché sugli errori che tornano a perseguitarti? Molto vero; molto, molto vero.

"Non c'è niente in camera da letto", ringhiò Frank con il suo solito fare, mettendosi di fronte a me e guardando il cadavere. "Non ci dorme da giorni. Niente nella camera da letto o nel bagno che indichi che il consigliere sia mai stato qui."

"La ragazza?"

Frank annuì e si voltò verso la camera da letto.

"Come hanno detto i vicini. Giovane. Sulla ventina. Nessuna foto o qualcosa del genere. Sappiamo che le piacciono vestiti e scarpe costosi. Un sacco di scarpe. E poi c'è questo."

Si voltò di nuovo verso di me, mentre sollevava il palmo aperto della mano destra verso di me. Un fodero ricurvo decorato. Dal design orientale. Un fodero che sarebbe stato della misura giusta per la lama sepolta in profondità nel petto del consigliere.

"Cinese?" Chiesi con disinvoltura.

"Forse", disse Frank, annuendo. "Forse coreano. In ogni caso, molto antico. Potrebbe risalire ai tempi di Gengis o Kublai Khan."

"Come si chiama la ragazza?"

"Sandra. Sandra Shostakovich."

"Ricapitolando", mugugnai, continuando a guardare il corpo, "abbiamo un consigliere comunale morto alle tre del mattino nell'appartamento di una giovane universitaria e lei è scomparsa. Chissà cosa diranno i giornali."

"Oh, si inventeranno qualcosa", grugnì il mio compagno, l'angolo delle labbra si increspò leggermente. "Sai Faux News, in televisione. Hai presente. Giustizia e onestà."

Mi venne quasi da ridere, mentre guardavo Frank.

"Che pensi del ragazzo dall'altra parte del corridoio. Secondo te ha senso quello che ha detto?"

Al nostro arrivo sulla scena del crimine, Frank ed io avevamo cominciato a parlare con i vicini di Sandra Shostakovich. Avevano visto qualcuno andare o venire? Avevano sentito urla o rumori forti? Avevano sentito o visto qualcosa di insolito? Fu a quel punto che si intromise il secchioncello. Ci guardò da dietro la fila di costosi schermi davanti a lui, mentre sorseggiava una Coca Cola direttamente dalla bottiglia, disse che aveva sentito un cane abbaiare. Disse che era nel mezzo di una partita ad *Halo,* verso l'una e mezza di notte si era preso una pausa per andare in bagno. Alzandosi aveva sentito un cane che abbaiava, il che, secondo lui, era strano dato che non conosceva persone con cani che vivessero nell'edificio. Il cane aveva abbaiato tre volte. Tre volte e poi aveva guaito per il dolore. Come se qualcuno gli avesse dato un calcio.

Sì, disse, aveva sentito il morto camminare lungo il corridoio e bussare alla porta di Sandra dopo essere uscito dall'ascensore. Non ci aveva visto niente di strano. C'erano sempre amici di Sandra che arrivavano ad orari insoliti. Ragazzi del college, di solito. Atleti, in realtà. Ma occasionalmente anche uomini più grandi. Ben vestiti, alla guida di macchine grandi e costose.

Ovvio.

Sandra era una bella ragazza. Ricordava un po' una figlia dei fiori. Disse che le piacevano i vestiti lunghi di cotone con il look tie-dye e i braccialetti con le perline. Metteva vecchie canzoni rock a volume un po' troppo alto. Ma era troppo magra per i suoi gusti. Troppo magra e con i capelli scuri. A lui piacevano le bionde con le tette grosse. "Più grandi sono le tette, meglio è."

L'affermazione mi fece sorridere. Non aveva nemmeno una possibilità di farsi una ragazza del genere. Però apprezzai l'ottimismo del ragazzo.

"Il commento sul cane mi è sembrato strano", disse Frank, contorcendo il viso in una smorfia. "I genitori dormivano, quindi non abbiamo nessuno che possa confermare."

"Sappiamo altro di lei? Dove lavorava? Aveva un fidanzato? Cose del genere."

"Il secchione dice che gli pare che si sia laureata lo scorso inverno e che lavori al museo sulla terza strada. Non ha idea di cosa facesse di preciso."

Il museo sulla terza strada era il museo Otto Meier, Museo del Design e della Tecnologia. Un mastodontico edificio di cemento a forma di balena dipinto di un bianco accecante, con vetrate nere che punteggiavano il corpo della balena, come una malattia. Si trovava all'angolo tra la Terza e la Crescent. L'esterno era tutto curve. Nemmeno una linea retta. L'interno era esattamente lo stesso.

Aspettammo fino alle nove del mattino, circa, per trovare qualcuno nell'edificio che conoscesse la nostra vittima. Ci volle un po' prima di trovare qualcuno che conoscesse direttamente Sandra Shostakovich. Ma siamo tenaci. E Frank fa sempre paura. Dopo aver spaventato circa la metà del personale del museo, ci presentarono un uomo, il Dottor Albert Brecht; professore di storia orientale all'università locale e capo della sezione Estremo Oriente della galleria espositiva del museo.

"Cosa?! Sandra è *qui*? Qui in città?"

Il colore nel volto dell'erudito anziano svanì in un bianco quasi puro quando gli annunciammo la scomparsa di Sandra. Lo dovemmo afferrare per le braccia e tenerlo in piedi, sembrava che stesse per crollare davanti a noi. Lo facemmo sedere con delicatezza su una panchina, ci sedemmo di fianco a lui e aspettammo che si ricomponesse.

"Tutto questo non ha senso. Non può essere qui. Almeno, non nel suo appartamento. È impossibile."

"Impossibile? In che senso?" Chiese Frank senza giri di parole.

Il caro professore di Storia Orientale aveva più di sessant'anni. Un piccolo uomo dai capelli bianchi e folti che mi ricordava vagamente Albert Einstein. Ben vestito, l'ometto era esattamente come ci si immagina un anziano professore universitario. Tranne che ora, in questo preciso momento, il buon dottore sembrava quasi terrorizzato.

"Siamo appena tornati da una spedizione di tre mesi in

Manciuria esterna. Siamo tornati negli Stati Uniti proprio ieri, a dire il vero. Stavo per, stavo per sedermi e chiamare i genitori di Sandra per raccontargli dell'incidente. Sono stato interrotto, infatti, quando mi hanno chiesto di scendere per incontrare voi due."

"Quale incidente?" Chiesi.

"Cinque settimane fa c'è stato un terribile incidente. Eravamo sugli altipiani della Manciuria, eravamo sul ciglio di una scarpata rocciosa, quando il veicolo che Sandra stava guidando, per qualche inspiegabile ragione, è caduto giù per un dirupo facendo un volo di quasi cento metri. La macchina si è distrutta. Sandra non è sopravvissuta. Abbiamo trovato il suo corpo maciullato in fondo al burrone. Irriconoscibile. Ma era lei. Era Sandra. *So che* era Sandra."

"È morta", ripeté Frank, sollevando un sopracciglio per la sorpresa. "Nel senso che non è più tra noi."

"Sì", rispose il caro dottore, annuiva, con gli occhi gonfi di lacrime. "Che brava ragazza. Molto intelligente. Estremamente intelligente. Uno spirito così meraviglioso, soprattutto dopo tutte le avversità che ha dovuto sopportare."

"Che avversità?" Chiesi.

"Era molto sfortunata nelle relazioni personali, detective. Povera ragazza. Pare che il suo fidanzato, un ragazzo della squadra di calcio dell'università, si sia suicidato poco prima della nostra partenza per la Manciuria. La povera Sandra era devastata. Pensavo che avrebbe abbandonato la spedizione. Ma si è ripresa, e da scienziata in erba quale era, si è immersa nel lavoro non appena siamo arrivati in Manciuria."

"Come si chiamava il fidanzato?" Dissi, tirando fuori dalla tasca del cappotto il piccolo taccuino a spirale che portavo con me.

"Rasmussen, credo. Vinny Rasmussen", rispose l'antropologo dai capelli bianchi, sorridendo tristemente. "Un bravo ragazzo. Amava molto Sandra. La adorava. Ma non aveva sale in zucca, temo. Strano, vero? Persone intelligenti che si innamorano di qualcuno molto al di sotto, intellettualmente parlando. È una cosa che non ho mai capito. Ancora oggi non me ne capacito."

Un cocktail di tristezza e rimpianto si dipinse sul volto del professore. Ma la paura, vera e propria, manteneva la carnagione dell'uomo di un colore grigio stucco.

La paura.

Ecco cosa attrasse la mia attenzione.

"Quando si è suicidato questo Rasmussen?" Chiese Frank a bassa voce.

"Uh, uh, circa una settimana prima di partire per la Manciuria, credo. Sì, proprio così. Una settimana prima della nostra partenza."

"Professore, Sandra conosceva un uomo di nome Cory Tobin?" Chiesi.

"Il consigliere? Oh, certo. Lo conoscevamo tutti. La Tobin Heritage Foundation ha aiutato a finanziare il nostro viaggio, sapete. Una grossa donazione. Il consigliere era piuttosto entusiasta della cosa. Lui e Sandra erano piuttosto intimi."

Per un paio di secondi rimanemmo seduti in silenzio, poi Frank infilò la mano nella sua giacca sportiva e tirò fuori una busta di plastica trasparente per le prove. Dentro il sacchetto c'era il fodero decorato che aveva trovato nell'appartamento di Sandra.

"Professore, ha mai visto questo prima d'ora?"

Ci mancava poco che il professore svenisse. L'afferrammo mentre si accasciava in avanti e lo tenemmo in piedi fino a quando non riprese i sensi. Il colore grigio stucco della sua carnagione era sparito. Ora aveva lo stesso colore di un cadavere. Un cadavere di circa sei giorni.

"Dove, dove l'avete trovato?" Sussurrò, con voce tremante.

"Nell'appartamento della ragazza", grugnì Frank, con la mano massiccia che afferrava saldamente il braccio sinistro del professore. "Lo riconosce?"

"Assolutamente! Sandra l'ha scoperto in uno dei nostri scavi il giorno in cui è morta. Era così eccitata per il ritrovamento che è saltata su quella vecchia carretta che guidava e si è precipitata nella mia tenda per raccontarmelo. Ma è caduta dalla scogliera e..."

Il suo corpo sembrava creta tra le nostre mani e sarebbe caduto a terra se non lo avessimo tenuto saldamente. Alla fine, si riprese e ci assicurò che stava bene. Io e Frank ci alzammo per andarcene, ma mi venne in mente qualcosa e, voltandomi, feci un'altra domanda.

"Professore, sa se Sandra avesse un cane nel suo appartamento?"

"Un cane?" fece eco il professore, sbattendo nervosamente i grandi occhi marroni sotto le sopracciglia ispide mentre ci guardava. "No, non qui. Non nel suo appartamento. Ma in Manciuria c'era un cucciolo bastardo che seguiva Sandra dappertutto. La cosa più brutta che abbiate mai visto. Sandra ne era piuttosto affascinata."

Frank ed io annuimmo, ci guardammo, poi lasciammo il professore seduto sulla panchina. Mentre uscivamo dal museo e ci dirigevamo verso la nostra auto, nessuno dei due disse nulla. Alla fine, Frank ruppe il silenzio.

"Un cane che abbaia."

"Un bastardino rimasto in Manciuria", aggiunsi, annuendo.

"Curioso", borbottò Frank, aprendo la porta del lato passeggero e sedendosi pesantemente sul sedile dell'auto.

"Su questo non ci piove", dissi, salendo in macchina e accendendo il V8 sotto di noi.

*Curiosità.*

Alla fine, è lì. Ecco l'ingrediente chiave per risolvere la

maggior parte dei crimini. Questo, e una bella dose di fortuna. Prendiamo per esempio la curiosa morte di Vinny Rasmussen. Vinny era grosso come la porta di un garage e sano come un elefante africano in libertà. Un giocatore di football talentuoso. Abbastanza da interessare davvero la NFL. Era anche follemente innamorato di Sandra Shostakovich. A quanto pare, lei ricambiava il suo affetto. L'intera squadra di football e lo staff tecnico sapevano che i due erano una coppia. Tutti descrivevano Vinny come un ragazzone adorabile che stava per sposarsi. Infatti, tutti quelli con cui abbiamo parlato dicevano che Vinny era felicissimo. Andava tutto a gonfie vele.

Ma poi, inspiegabilmente, mentre tornava al dormitorio con il suo vecchio furgone decide improvvisamente di fare una brusca svolta a destra e schiantarsi contro un pilone di cemento di un cavalcavia dell'autostrada, a un isolato dal campus. Proprio così. Passato dall'essere un ragazzo felice e follemente innamorato ad essere morto. Morto stecchito.

Perché?

È qui che entra in ballo la fortuna. Controllando gli appunti dei detective che inizialmente avevano fatto le indagini, abbiamo deciso di dare un'occhiata al cellulare del ragazzo. Tre minuti prima di schiantarsi contro il pilone, Vinny ha ricevuto una telefonata da Sandra. La chiamata proveniva dal museo. Il suo posto di lavoro. Un altro po' di ricerche ed ecco la scoperta interessante. Quando Vinny ha ricevuto quella strana chiamata, Sandra *non* era al museo. Era seduta nell'ufficio del consigliere Cory Tobin a parlare della spedizione in Manciuria.

Una mezza dozzina di collaboratori del consigliere ha rilasciato una dichiarazione che lo conferma.

Lavorammo sodo con le informazioni che avevano attivato le nostre menti indagatrici. Contattammo alcuni studenti di archeologia che avevano accompagnato il professore in

Manciuria. Facemmo qualche domanda sul professore. Sulla sua relazione con Sandra. Sulla carretta che Sandra guidava agli scavi. Le nostre domande generarono alcune risposte interessanti.

Sembra che, circa trent'anni prima, il nostro professore Albert Brecht avesse avuto una torbida relazione con una studentessa del college mentre era professore a tempo pieno in una qualche università fuori dallo stato. Molto torbida. Ad un certo punto la ragazza sporse denuncia contro di lui. Lo accusò di averla perseguitata. Ma le accuse caddero misteriosamente e della studentessa non si seppe più nulla. Abbiamo anche scoperto che la notte prima che Sandra cadesse nel dirupo e morisse, il professore era stato visto allontanarsi velocemente dal veicolo che aveva parcheggiato dietro la sua tenda quella notte.

Allora. Avevamo due 'incidenti' d'auto. Ognuno degli incidenti era in qualche modo collegato al nostro professore. Pensammo che fosse il momento di tornare al museo a parlare con lui.

Strano.

Quando arrivammo al museo era buio. L'orario di chiusura era passato da un pezzo. Ma sapevamo che il professore era lì perché la segreteria telefonica ci diceva che avrebbe lavorato fino a tardi. Parcheggiammo l'auto vicino al marciapiede di fronte al museo e ci incamminammo verso l'ingresso di vetro del gigantesco edificio. Era una notte afosa e umida. Niente luna. Silenzio. Non un alito di vento. Il calore del giorno si irradiava a ondate dalla quella lastra di cemento che era il marciapiede e la dalla piazza davanti al museo, mentre camminavamo verso l'ingresso.

Mi fermai due volte, mi girai e guardai scrutando il buio dietro di me. Sono ancora convinto, anche adesso, settimane dopo, di aver sentito l'abbaiare di un cane. Un solo cane, che abbaiava con rabbia. Ma il suono arrivava come se fosse in lontananza.

Un cane che abbaia.

Non credo al soprannaturale. Non credo nei fantasmi. Ma la seconda volta in cui mi girai e sbirciai oltre le mie spalle, anche Frank si fermò a guardare indietro.

"Hai sentito qualcosa?" chiese, guardando nella stessa direzione in cui stavo guardando io.

"Un cane. Sta abbaiando", dissi dolo questo.

Frank grugnì evasivo, si girò di nuovo e continuò a camminare verso l'entrata del museo.

Mostrammo i nostri tesserini all'addetto alla sicurezza notturna che ci aspettava all'ingresso. Ci annunciò che il dottor Brecht aveva detto che potevamo entrare. Lo avremmo trovato nel suo ufficio. Fu una lunga camminata, attraverso il museo vuoto. Un museo buio, con le luci fioche e tutte le vetrine che spuntavano dall'oscurità in modo inquietante mentre passavamo. È vero, non credo ai fantasmi. Ma questo non significa che non mi provochino qualche brivido. Quella notte lo provai.

Accadde tutto in fretta. Ancora non so perché reagii in quel modo. Lo feci e basta. *Istintivamente.*

Io e Frank attraversammo il museo, per lo più deserto, Frank arrivò per primo alla porta che conduceva al laboratorio del professore. Ero dietro di lui, vidi Frank afferrare la maniglia della porta per aprirla e sentii un cane *abbaiare* di nuovo. Questa volta il cane abbaiava più forte delle due volte precedenti, abbaiava con rabbia e insistenza. Scattai. Proprio quando la grossa mano di Frank afferrò la maniglia della porta, lo placcai. Lo colpii con forza appena sopra l'osso dell'anca e lo spinsi sul pavimento di cemento, come il vecchio linebacker difensivo che ero ai tempi del college.

Nel momento in cui colpimmo il pavimento, la bomba

nell'ufficio del professore esplose. Ci fu un rumore fragoroso, un lampo di fuoco accecante e all'improvviso la penombra del museo iniziò ad urlare con tutti i tipi di suoni e fischi degli allarmi antincendio. Il fumo si alzava a ondate dense, riempiva l'aria, insieme a lunghe e brucianti lingue di fuoco. Io e Frank ci alzammo in piedi e in qualche modo uscimmo dal locale appena in tempo. Quando le prime autopompe arrivarono sulla scena era troppo tardi. L'intero edificio era avvolto dalle fiamme. Ci vollero metà delle unità antincendio della città e sei ore intere per sconfiggere le fiamme. Ore dopo trovarono i resti carbonizzati del professor Albert Brecht nel suo laboratorio.

Il professore aveva lasciato un biglietto per noi, nel caso fossimo sopravvissuti. Sapeva che la sua fortuna si era esaurita nel momento in cui io e Frank eravamo andati a parlargli. Aveva commesso i tre omicidi in un impeto di gelosia. Vinny e il consigliere per essersi interessati alla donna che amava. Sandra in un impeto di rabbia per essere stato rifiutato. Tutto qui.

No. Continuo a non credere nei fantasmi o nel soprannaturale. Ma forse, *forse,* sono disposto ad essere un po' più aperto al riguardo.

COINCIDENZE

Era un vecchio poliziotto irlandese, alto e dal viso scavato. Io e il mio partner lo conoscevamo da anni. Uno spilungone, la faccia era un insieme di pelle rossiccia e ossa sporgenti. Aveva gli occhi blu e un naso grande quanto un dirigibile Goodyear. Poteva essere duro come l'acciaio temperato o delicato come un paio di guanti nuovi di zecca. Tutto dipendeva dalla situazione. Ma quell'uomo era una leggenda. Joe Flattery, e il suo partner Paul O'Connor avevano lavorato come poliziotti di quartiere per vent'anni. Avevano visto più di un centinaio di casi di omicidio. I due avevano visto tutto. Ogni tipo di omicidio. Dagli squilibrati che danno di matto ai pazzi che giocano a fare il dottor Moriarty con le loro vittime. Noi quattro eravamo in piedi nel piccolo ufficio del centro commerciale, i volti dei due agenti in uniforme dicevano tutto. Questo era un caso su cui nessuno aveva voglia di lavorare.

I due erano arrivati per primi sulla scena del crimine. Avevano intervistato tutti. E per ogni testimone con cui parlavano, l'irritazione cresceva sempre più. Quando io e Frank arrivammo, erano pronti a salire sulla loro auto di pattuglia e ad andarsene nell'oscurità dopo averci ragguagliato su tutto il casino.

Non posso dire di averli biasimati.

"Fatemi capire bene", disse Frank, il mio collega, un po' confuso. "Tutti i testimoni dicono di aver visto l'assassino correre nell'ufficio, urlava e agitava in aria una pistola, e poi ha sparato in faccia al capufficio."

"Corretto", l'accento irlandese di terza generazione di Flattery trapelò mentre annuiva con decisione.

"Poi hanno detto, tutti, che l'assassino è corso sul retro dell'ufficio in una stanza che non ha né finestre né una porta che conduce fuori tranne quella di ingresso, e qualcuno gli ha sparato?"

"Hai il quadro completo, amico mio", annuì l'ufficiale in uniforme blu, con l'aria sollevata per il fatto che qualcuno lo avesse finalmente capito. "La situazione è stata esposta in modo conciso. Con l'enigma implicito."

Eravamo in piedi al centro del piccolo ufficio. Eravamo noi quattro. Io e Frank, i detective assegnati al caso, eravamo appena arrivati. Flattery e O'Connor, i due agenti in uniforme, i primi soccorritori, avevano ricevuto la chiamata mezz'ora prima. L'ufficio era uno spazio di circa sette metri per dieci, al centro di una serie di otto uffici dal design simile in un lungo edificio di mattoni e vetro. Le vetrate alla nostra destra si affacciavano su un ampio parcheggio; un mare di asfalto cosparso di qualche auto ultimo modello e qualche furgone. Dall'altra parte del parcheggio c'era un Wendy's Burger e un edificio isolato attualmente occupato da un'azienda che vendeva al dettaglio biancheria da letto.

Le scrivanie addossate alle pareti dell'ufficio sembravano di quelle economiche, tre per parete, con una scrivania più grande, quella del direttore, in fondo alla stanza accanto a una porta aperta che conduceva a una piccola area di deposito. Davanti, vicino all'entrata, c'era un piccolo bancone dove l'unica segretaria della società di prestiti riceveva i clienti che entravano.

La stanza sul retro, tra l'altro, non era altro che un armadio sovradimensionato. Tutte e quattro le pareti erano ricoperte da mobiletti da archivio abbastanza grandi da contenere qualche scatola e soprattutto documenti. Non c'erano finestre nella stanza e l'unico modo per entrare e uscire era l'unica porta che portava nell'ufficio principale.

Uno standard per una società di prestiti. Si possono trovare uffici simili in ogni città del paese. Niente di speciale. Niente di strano. Ma...

"Di nuovo, devo chiedere", cominciò Frank, alzando una mano per enfatizzare. "Il tizio corre nell'ufficio. Corre verso il fondo del locale dove è seduto il capo e gli spara a morte con un revolver calibro 38. Poi si fa prendere dal panico, corre nel magazzino dove non ci sono altre porte o finestre che entrano o escono dalla stanza, e viene colpito alla tempia sinistra con una 9 mm da un cecchino di cui non sappiamo l'identità."

"Esattamente, ragazzo", intervenne O'Connor sbucando da dietro al compagno alla sua sinistra. "Questo è quello che hanno detto tutti i testimoni."

"Vero", annuì Flattery. "Tutti e quattro. L'hanno descritto tutti esattamente con le stesse parole. E ora questo casino è di vostra competenza. Sarà sicuramente un buon Natale!"

Improvvisamente, grandi sorrisi illuminarono i volti degli irlandesi mentre facevano un passo indietro e salutavano con la mano prima di voltarsi e dirigersi verso l'ingresso dell'ufficio prestiti, lasciandoci lì in piedi a desiderare di essere da qualche altra parte.

Frank Morales è il mio partner da quindici anni. È alto come me, ma pesa una cinquantina di chili in più. Sembra un attaccante di una squadra di football NFL che qualche laboratorio di genetica fuorilegge ha sfornato appositamente per loro. Braccia grandi e possenti. Mani grandi come autocarri. Una testa che sembra un rettangolo di cemento coperta da capelli indisciplinati color carota. Nessun collo. Guardandolo verrebbe naturale pensare, *ecco un altro grande, stupido poliziotto intelligente quanto mezzo mazzo di carte.*

Ma fratello, ti sbaglieresti. Completamente. Il vecchio detto è vero. L'apparenza *può* ingannare.

E io? La gente dice che somiglio ad un uomo morto. Un attore morto. Folti capelli neri che svirgolano costantemente su un sopracciglio. Baffi neri e ispidi. Un ghigno presuntuoso sulle labbra, sempre. Ai suoi tempi, questo attore era un idolo delle matinée. Un pezzo grosso di Hollywood. No. Non faccio nomi. Il tizio è morto e bisogna essere appassionati di cinema per ricordarne il nome. Il che per me va bene. Odio essere paragonato a un uomo morto.

Dunque, eravamo lì, Frank e io, a fissare il fondo dell'ufficio e la porta della stanza senza uscita dove il nostro assassino si è fatto uccidere da un tiratore sconosciuto. Ci chiedevamo: come fanno quattro persone a vedere accadere qualcosa di impossibile? O, la domanda giusta, chi diavolo ha sparato a morte al nostro assassino?

"Penso che dovremmo fare qualche domanda", disse quello scherzo della genetica del mio partner, scrollando le spalle. "Sai, facciamo uno sforzo per risolvere il caso, magari?"

"Un approccio originale", ammisi mentre sorridevo e annuivo. "Voglio dire, sai. Dicono che *siamo* detective della omicidi. E questa ovviamente è la scena di un omicidio."

"Un doppio omicidio, alla fine. Due... due cadaveri. Questo lo rende un... un doppio omicidio", rispose Frank.

"Dì un po', non ti sfugge niente, amico. La fiera delle ovvietà, eh? Mi correggo. Un doppio omicidio. Allora cosa vuoi fare prima? Interrogare di nuovo i quattro testimoni e fare qualche domanda diversa? O aspettare e vedere se la scientifica identifica il morto?"

"Entrambe le cose", grugnì Frank. "Facciamo entrambe le cose. Tanto vale fare uno sforzo per guadagnarci lo stipendio."

Così ci mettemmo al lavoro. Ci prendemmo tempo per esaminare la scena del crimine e intervistare le quattro donne che erano presenti al momento della sparatoria. Il lavoro di poliziotto è così. Almeno, il lavoro da poliziotto, se indossi il distintivo da detective, è così. Si fanno domande. Domande pertinenti e direttamente collegate al crimine. Domande tangenziali che hanno una relazione in qualche modo con la scena del crimine. Si fanno domande personali ad ogni testimone, per creare una base, in modo da stabilire il rapporto tra i testimoni e le vittime. Dopo, si iniziano a fare le domande strane. Domande che non hanno senso. O, almeno, all'inizio sembreranno non avere senso.

Sareste sorpresi da cosa salti fuori da quest'ultima serie di domande. Il più delle volte si scopre che hanno un legame diretto con la scena del crimine. Prendiamo ad esempio la domanda che ho fatto a una delle donne. Aveva i capelli scuri un castano indefinito, di solito lavorava al bancone anteriore per accogliere i clienti.

"Era circa l'ora di pranzo quando sono avvenuti gli omicidi. Il suo capo usciva di solito per il pranzo o si preparava il pranzo e mangiava nella stanza sul retro?"

"La maggior parte delle volte mangiava nella stanza sul retro", ribatté lei prima di lanciare improvvisamente un'occhiata di lato come un personaggio dei cartoni animati e scoppiare in un piccolo sorriso malvagio. "Ma ultimamente, il signor Roberts e Margie sgattaiolavano via insieme per andare a mangiare al ristorante cinese in fondo alla strada. Zitti zitti, sa. Non dovrebbe succedere."

Diedi un'occhiata alla lista di nomi che avevo annotato nel piccolo quaderno in cui scribacchiavo note sulle indagini. Non c'era nessuna Margie nell'elenco. Quell'improvvisa scoperta di un possibile nuovo elemento, pensai... sai... forse *dovrebbe* essere annotata.

"Chi è Margie? E perché non dovrebbero pranzare insieme?"

"Oh, certo. Lei non l'ha conosciuta. Oggi non era qui. È in malattia. È Margie Waters. Un'altra delle consulenti per i prestiti. E... e il fatto di sgattaiolare via e pranzare insieme non dovrebbe accadere perché... beh... sa. Sia il signor Roberts che Margie sono *sposati*. Sposati con due persone diverse. Sapete... è una cosa un po' di nascosto tra questi due. Ma non proprio. Lo sapevamo tutti. Noi ragazze abbiamo fatto una scommessa."

"Una scommessa? Che tipo di scommessa?"

"Abbiamo scommesso su chi divorzierà per primo", la piccoletta fece un ampio sorriso, annuendo con piacere. "Avevo scommesso dieci dollari sul signor Roberts. Quella piccola faccia da donnola non riusciva a tenere la bocca chiusa neanche a provarci. Prima o poi avrebbe vuotato il sacco. E a quel punto, agente, sarebbe stata la fine. La fine dei giochi per quel matrimonio. Mi creda!"

Che piccola strega gracchiante.

Intanto, pensieroso guardavo la stanza in fondo, questo pettegolezzo gettava una nuova luce sull'indagine. Ora Frank ed io avevamo tre possibili sospetti di omicidio. Uno era la sfortunata signora Roberts. L'altro era la vedova in lutto appena incoronata, Margie Waters. E infine, il marito cornuto di Margie Waters.

La moglie della prima vittima venne esclusa quasi immediatamente. Era molto più vecchia del marito. Di almeno venticinque anni. Era sulla sessantina e costretta su una sedia a rotelle a causa dell'artrite e da un'altra mezza dozzina di acciacchi legati all'età.

Eliminammo il marito di Margie Waters quasi altrettanto velocemente. Howard Waters era un ingegnere petrolifero. Apparentemente un ottimo ingegnere petrolifero. Girava tutto il mondo per lavoro. Al momento dell'omicidio, Howard stava lavorando sotto il sole cocente dell'Arabia Saudita solo Dio sa dove, solo con gli uomini di una piattaforma di perforazione e un paio di cammelli intorno per compagnia. Non c'era alcuna possibilità che Howard potesse volare negli Stati Uniti, far fuori la vittima e tornare nella penisola arabica in meno di ventiquattro ore.

Rimaneva Margie Waters nella nostra lista. Ma anche lei divenne un problema.

La signora Waters era una creatura minuta e splendida. Aveva alle spalle una storia lavorativa davvero interessante. Prima di sposare suo marito era stata un'attrice, una ballerina professionista, un'istruttrice di ginnastica e un'acrobata del circo. Tuttavia, ciò che davvero catturò la nostra attenzione fu un'altra delle sue caratteristiche. Aveva una vera passione per gli uomini. Per lo più giovani, con un sacco di soldi e liberi da sciocchezze come la morale e l'etica quando si trattava di corteggiare donne sposate. La cosa non disturbava certo Margie. Proprio nel momento in cui entrambe le vittime venivano uccise, Margie era in un ristorante di lusso a quattro isolati di distanza, impegnata in un pranzo molto costoso con un giovane uomo figlio di un ricco banchiere. Una mezza dozzina di coppie circa erano nel ristorante e hanno testimoniato che lei e questo giovane erano arrivati due minuti prima che la prima vittima fosse uccisa e non hanno lasciato il ristorante fino a un'ora dopo la morte della seconda vittima.

"Ok, Sherlock. Abbiamo un problema", grugnì Frank, sedendosi al posto passeggero della Shelby GT 350 Mustang del 67 che guidavamo quel giorno. "Stupiscimi con la tua genialità e parlami della nostra prossima mossa."

Eravamo fermi davanti al ristorante, entrambi guardavamo la clientela che andava e veniva dal locale chic. Seduti in silenzio, le dita della mia mano destra ticchettavano un motivetto sul legno del volante dell'auto mentre rimuginavo sulla situazione. Sì, sì, sì. Avevamo un problema. A quanto pare la nostra principale sospettata per entrambi gli omicidi aveva un alibi inattaccabile che la scagionava. In quella Shelby buia e angusta decisi di tirare fuori un po' di idee e farle rimbalzare sulla testa dura di Frank.

"Hmmm, qual è il movente del tizio che arriva e uccide Roberts? Sappiamo che Roberts probabilmente se la spassava con quella tizia per qualche motivo che non ci è noto. Ma che dire del tizio che l'ha ucciso? Qual era il suo movente?"

La testa di Frank dondolò leggermente su e giù nell'oscurità. Poi allungò la mano nella giacca sportiva, tirò fuori il cellulare e chiamò un numero tra i contatti rapidi. La voce profonda e rimbombante di Frank ringhiò un paio di volte nell'oscurità. Ma per la maggior parte del tempo si limitò ad ascoltare. Nell'oscurità, sentivo la vocina stridula all'altro capo della linea parlare attraverso il piccolo altoparlante del telefono. Ma non riuscivo a decifrare. Così attesi pazientemente.

"L'obitorio ha appena identificato la nostra prima vittima. Il suo nome è Javier Colonna. A quanto pare, Javier conosceva molto bene la prigione e varie celle di detenzione in diverse stazioni di polizia in tutto il paese. Solitamente finiva dentro per estorsione. Un paio di aggressioni. Il tizio aveva la reputazione di avere un carattere focoso. Ma ecco la cosa interessante. Lavorava per un circo come giocoliere. Lo stesso circo in cui si esibiva la nostra signora Waters."

"Beh, è un po' troppo per essere una coincidenza. Sai cosa si dice di omicidi e coincidenze."

"Esistono gli omicidi. Oppure le coincidenze. Ma non entrambe le cose insieme. È come mettere i calzini a pois sotto un abito di seta su misura. Le due cose combinate sono un'incongruenza sartoriale."

Sorrisi nell'oscurità. Non riuscii a farne a meno.

"Incongruenza? Sartoriale? Parole grosse, amico. Ti sei dato alla lettura? Hai ricominciato con il dizionario?"

"Ha... ha", rispose seccamente il mio partner accanto a me. "Mi vengono in mente delle parole per descrivere te e la tua arguzia tagliente in questo momento. Vuoi sentirle?"

"Passo", dissi, il sorriso ancora sulle labbra, mentre mi allungavo in avanti e premevo l'interruttore di accensione della Ford, il piccolo blocco V8 illuminava la notte con un ringhio basso e potente. Non c'è niente di più piacevole da sentire del ringhio di una Ford V8 poco dopo le otto di sera. O le otto del mattino, se è per questo.

"Dove andiamo?" Chiese Frank mentre girava il suo testone verso di me e mi guardava portare il cambio in seconda, prima di allontanarmi dal marciapiede.

"Andiamo a parlare con la signora Waters."

Guidammo nella notte sulle strade illuminate. Solo noi tre. Io, il grosso omone che era Frank e la Shelby in cui eravamo. Quante volte prima d'ora avevamo fatto quello stesso viaggio? Una dozzina di volte? Cento volte? Quante volte l'avremmo fatto in futuro?

Un inferno. Non aveva importanza. A me non importava. Ecco cosa facevamo, noi tre, cacciavamo. Ci aggiravamo nella notte come cacciatori, e ci divertivamo. Ci piaceva più di quanto volessimo ammettere.

Mentre entravamo nella buia strada residenziale dove viveva la signora Waters, il telefono di Frank ruppe di nuovo il silenzio. Portandolo all'orecchio, ascoltò, grugnì, poi chiuse il telefono e lo fece scivolare di nuovo nella tasca del cappotto.

"Il conto in banca di Javier Colonna ha quasi trecentomila dollari, il che è strano. Sembra che Javier sia stato disoccupato nell'ultimo anno. Da quando ha lasciato il circo."

Più avanti c'era la casa in stile ranch della signora Waters. Nuova di zecca, con un garage a tre posti e, dando un'occhiata al cortile posteriore, una piscina piuttosto grande. Quando rallentammo davanti alla casa, entrambi vedemmo la porta del garage muoversi, inondando di luce il vialetto. Accostammo a un paio di case di distanza, spensi rapidamente i fari della Shelby e rimanemmo seduti. In silenzio, vedemmo una Lexus nuova che usciva dal vialetto ed entrava in strada. Mentre la porta del garage cominciava a chiudersi, la Lexus, con il suo unico passeggero al volante, cominciò ad allontanarsi lentamente.

Attesi che la macchina scivolasse dietro l'angolo più lontano dell'isolato prima di accendere di nuovo le luci e seguirla. Mantenendo la distanza, seguimmo la signora Waters per metà della città. A quanto pare non aveva fretta. Venti minuti di guida ci portarono in un'altra strada residenziale, ma una con case considerevolmente più modeste. Guardammo la Lexus entrare in uno stretto vialetto di fronte a una vecchia casa a due piani. Le luci dell'auto si spensero e poi la luce interna si accese quando la signora Waters scese dall'auto e chiuse la portiera dietro di sé. Camminò lungo il marciapiede fino al portico d'ingresso. A metà strada verso i gradini del portico anteriore, una piccola luce si accese e la porta della casa si aprì rapidamente. La silhouette di una giovane donna magra, con i capelli lunghi che le cadevano oltre le spalle, si delineava nella porta aperta. Anche da una certa distanza, potevamo vedere che la donna in piedi sulla porta non indossava altro che una sottoveste bianca sul suo fisico sodo.

Vedemmo la signora Waters salire i tre gradini che portavano al portico e poi si fiondò dritta tra le braccia della donna. Si abbracciarono appassionatamente, le loro labbra chiuse l'una sull'altra, e poi sparirono nella casa.

Mentre scomparivano, Frank prese di nuovo il cellulare. Ascoltò attentamente la voce all'altro capo parlando poco. Quando la conversazione finì, chiuse di nuovo il telefono e grugnì nell'oscurità.

"Bene. Non è una coincidenza?", ringhiò, sollevando un grosso sopracciglio in segno di sorpresa. "Indovina chi vive qui, amico. Indovina e basta."

Pensai per un momento mentre il V8 rombava nella notte con abbastanza potenza da far vibrare fisicamente la macchina. E poi sorrisi.

"Javier Colonna."

"Bingo", annuì il mio compagno. "E indovina un po'? Scommetto che questa non la indovini. Ci scommetto."

"La signora Colonna lavorava nello stesso circo di suo marito e della signora Waters. Anzi, era un'acrobata anche lei."

"Bingo, di nuovo", ringhiò Frank, quasi ridendo. "Guarda un po'. Un'altra serie di coincidenze. Che ne dici di andare laggiù e Presentarci. Sarà interessante."

Bussammo con forza e aspettammo. Quando la porta si aprì la signora Colonna nella sua sottoveste bianca era in piedi davanti a noi. Io e Frank sollevammo il badge e cominciai a cercare di dire qualcosa. Non riuscii a dire nemmeno una parola. La signora Colonna alzò gli occhi al cielo e svenne. Si accartocciò come carta igienica srotolata e cadde a terra in un grande ammasso di braccia e gambe.

Superammo il corpo senza sensi della signora Colonna, trovammo la signora Waters seduta su un divano nel soggiorno. Sul tavolino davanti a lei c'era una tazza di caffè fumante. E una pistola. Una Smith & Wesson MP 9mm.

La bella donna sembrava una volpe inseguita da un branco di segugi senza un posto dove andare. Guardò la pistola, poi noi e poi la sagoma incosciente della donna che giaceva ancora sulla porta. Un piccolo sorriso sornione apparse sulle sue belle labbra rosse.

"È stata lei, agenti. È lei che ha sparato e ucciso suo marito. Lo giurerò in tribunale. È lei l'assassina."

"Potrà anche aver premuto il grilletto, signora Waters. Ma ho la sensazione che sia lei ad aver architettato tutto", ringhiai mentre mi sedevo sul divano accanto a lei. "Quindi cominciamo dall'inizio."

"Che prove ha che io sia coinvolta in uno qualsiasi degli omicidi?" Ribatté lei, aveva ancora quel sorriso sulle labbra mentre incrociava le braccia davanti a sé e si sedeva di nuovo sul divano.

"Vediamo un po'", disse Frank, quasi con un sorriso sulle labbra. "I conti bancari del morto? Indovini un po'. Il nome della signora Colonna non appare sul conto. Ma il suo sì. Un buon punto di partenza per smontare il tuo alibi. Non crede?"

Il sorriso scomparve dalle sue labbra. La paura scivolò nei suoi occhi blu scuro. Lentamente le braccia incrociate davanti a lei si dispiegarono e le caddero in grembo. Ce l'avevamo in pugno. Non aveva modo di uscirne.

Finalmente la storia venne fuori, una sordida vicenda di semplice avidità. I tre lavoravano insieme. La loro linea di lavoro era semplice, estorsione e ricatto. Trovare ricchi uomini sposati. Sedurli e succhiargli più soldi possibile. Poi scaricarli e trasferirsi in un'altra città. Il manager di una società di prestiti, il signor Roberts, solitario e di bell'aspetto, non valeva un centesimo. Ma la sua anziana moglie sì. Diversi milioni.

Ma il caro signor Roberts era diverso. Aveva un cervello e non gli dispiaceva usarlo. Aveva capito che la donna con cui amoreggiava gli stava fregando migliaia di dollari. Aveva minacciato di andare alla polizia. Tutti e tre si fecero prendere dal panico. La signora Waters escogitò un piano per uccidere l'uomo in pieno giorno nell'ufficio. Dissero a Colonna di correre nella stanza sul retro, subito dopo l'omicidio, e di scappare dalla porta posteriore dove una macchina lo avrebbe aspettato. Quello che Colonna non sapeva è che non c'era nessuna porta sul retro e nessuna macchina ad aspettarlo. Invece, la signora Colonna era entrata nell'ufficio prestiti la sera prima e si era nascosta tra le travi d'acciaio del tetto dell'edificio, nascosta dal controsoffitto di lastroni bianchi.

Quando Colonna sparò il signor Roberts, corse nella stanza sul retro, lei sollevò un pannello del soffitto e uccise Colonna con la Glock. Poi rimise a posto il pannello bianco del soffitto e aspettò. Fuggì più tardi quella notte, dopo che i poliziotti erano andati via.

Entrambe le donne sapevano che la signora Waters sarebbe diventata la sospettata numero uno. Ma aveva un alibi di ferro. Bisognava solo sbarazzarsi della pistola che aveva ucciso Colonna. Un dettaglio minore di cui le donne stavano per occuparsi quando io e Frank bussammo alla porta.

Coincidenze. Non c'è niente di meglio delle coincidenze per rovinare un buon piano.

Qualsiasi poliziotto ve lo dirà. Basta chiedere.

LA SPARATORIA

Uscimmo alla luce del sole del caldo pomeriggio estivo spalla a spalla, io e il mio partner sosia di un gorilla, inforcando gli occhiali da sole entrambi allo stesso momento. Era agosto. Faceva caldo. E il sole luminoso era dannatamente forte.

Scivolando al volante della Chevy Z-28 convertibile bianca dell'83, diedi un colpo all'acceleratore. Il motore prese vita e feci scivolare il cambio in prima proprio mentre Frank schiacciava il tasto play e metteva su *Gone Shootin'* degli AC/DC. Con i sei altoparlanti del costoso stereo ben funzionante, e con la capote abbassata, sono sicuro che uscimmo dal parcheggio posteriore del distretto intrattenendo chiunque nell'edificio avesse una finestra aperta.

Davanti, il motore rombava e ringhiava a dovere. L'auto sfrecciava nel leggero traffico pomeridiano come un gatto di montagna a caccia, e con noi due seduti sui sedili ergonomici, piazzati e muscolosi come siamo, sono sicuro che sembravamo una coppia di tipi bizzarri per quasi tutti quelli che passavano per le strade. E sì, fratello. Frank e io siamo grossi e muscolosi.

Siamo entrambi un po'- più alti di un metro e ottanta. Io peso circa cento chili di muscoli relativamente solidi. Frank pesa una trentina di chili in più. Tutti di muscoli. E poi, Frank è una specie di esperimento genetico che deve essere scappato da qualche laboratorio governativo anni fa.

E sì, giusto per informazione, ho chiesto. Non ha mai negato.

Io sono solo Turner Hahn. Normale. Beh, *per lo più* normale. Grosso, certo. E assomiglio vagamente a un famoso attore degli anni Trenta e Quaranta. Ma cerco di non pensarci. Mi fa venire un tic nervoso ogni volta che ci penso.

Erano le sette di sera e stavamo uscendo per indagare su una segnalazione di una sparatoria dietro un condominio tra la Haven e Fitzsimmons. Io e Frank siamo poliziotti. Detective della omicidi. Normalmente, un paio di agenti in uniforme controllerebbero prima la segnalazione. Ma tutti quelli che indossavano un'uniforme erano occupati tra incidenti stradali e su un grosso incendio a cinque isolati dal luogo della sparatoria. Così io e Frank decidemmo di controllare. Inoltre, eravamo stati alle nostre scrivanie a scrivere rapporti di casi recentemente chiusi da quando eravamo arrivati al lavoro alle tre di quel pomeriggio. Eravamo più che pronti a uscire dalla vecchia casa del distretto e a entrare nel mondo reale.

Quello che aveva catturato il nostro interesse riguardo alla chiamata era la posizione. Il condominio tra la Haven e Fitzsimmons si trovava di fronte a un vecchio cimitero molto esteso. Un cimitero che risaliva, storicamente parlando, fino alla fondazione della città stessa. Si diceva che la sezione più vecchia del cimitero si trovasse direttamente sopra un vecchio cimitero indiano. E sì, cari miei, il posto era *infestato dai fantasmi*. Ogni giorno c'era qualcuno che *giurava* di aver visto qualche fantasma durante la notte. La maggior parte delle persone che giuravano tali dichiarazioni, tra l'altro, erano gli abitanti degli appartamenti che vivevano in quello stesso edificio.

Né io né Frank credevamo ai fantasmi.

D'altra parte, la gente *giurava* di vedere cose strane di notte nel vecchio cimitero. Cose che presumibilmente avrebbero raggelato il sangue di un santo o di un predicatore del New England. Cose che avrebbero reso credente l'ateo più irriducibile. Quindi... perché no, abbiamo pensato. Perché non andare a controllare e sperare che avesse qualcosa a che fare con il cimitero e forse... solo forse... un paio di fantasmi buttati dentro per buona misura.

Il viaggio attraverso la città fu piacevole. Buona musica. Il sole era piacevole insieme alla brezza creata dalla capote abbassata. Non ci volle molto prima di accostare al marciapiede proprio di fronte all'edificio. L'edificio era un palazzo di tre piani in mattoni rossi. Né vecchio né nuovo, ma ben tenuto in apparenza. Il piccolo parcheggio su un lato dell'edificio era per lo più vuoto. Nel corridoio al piano terra, trovammo delle biciclette dall'aspetto stravagante legate saldamente intorno a un corrimano di metallo che il proprietario dell'edificio aveva installato proprio per l'eventualità. Il posto ci fece pensare agli studenti universitari. Un condominio pieno di studenti universitari. Due piani più su trovammo l'appartamento della persona che aveva fatto la denuncia. Era una giovane coppia, entrambi maschi, aprirono insieme la porta.

Erano sulla ventina. Uno nero. Uno bianco. Entrambi *molto* gay e orgogliosi di esserlo. Quando la porta si aprì, dalle profondità dell'appartamento uscì un forte aroma proveniente dalla cucina che ci fece immediatamente venire l'acquolina in bocca. Qualunque cosa fosse, aveva un odore assolutamente delizioso.

"Oddio, è la *polizia*, caro! Dio, pietà", disse il bianco.

"Entrate, agenti. Entrate. *Non abbiamo mai* visite durante il giorno. Vero, Howie?" Rispose il ragazzo nero.

"Mai, caro. Mai", rispose Howie. I due fecero un passo indietro e ci fecero strada per entrare. "Siete qui per la nostra chiamata concitata al centralino riguardo la sparatoria?"

"O siete qui perché qualcuno si è lamentato che abbiamo fatto di nuovo i cattivi?" Disse il ragazzo nero, gli occhi scintillanti, sorridente, con le fossette che gli si disegnavano angelicamente sulle guance.

"Per la sparatoria", Frank grugnì, stringendo gli occhi e guardando più in profondità nell'appartamento cercando di osservare la cucina.

Il ragazzo bianco se ne accorse. Dando un'occhiata al suo compagno, sorrise sfacciatamente e fece l'occhiolino. Il ragazzo nero annuì, si mise tra me e Frank e afferrò un braccio da ciascuno di noi e iniziò a tirarci verso, apparentemente, la cucina.

"Howie, dove sono finite le nostre buone maniere? Non vedi che questi due cari signori hanno fame?"

"Oh, che bello!" Howie esclamò, battendo le mani avidamente, mentre chiudeva la porta e correva verso la cucina. "Sono *così* eccitato!"

Venne fuori che i due erano studenti. Frequentavano una scuola molto costosa per le arti culinarie che io e Frank conoscevamo bene. Howie Manning era il ragazzo bianco. Eric Larry era il ragazzo nero. Entrambi frequentavano la scuola grazie al sussidio per l'istruzione. Sentite questa: entrambi avevano prestato servizio nell'esercito insieme. Come cecchini. Eric era tiratore. Howie il suo ricognitore. Tre missioni insieme in Afghanistan. Sono tornati a casa insieme, si sono sposati, si sono iscritti alla Scuola di Cucina subito dopo il matrimonio e avevano in progetto di aprire un ristorante dopo il diploma. Se avessero trovato il capitale necessario.

Frank, lo stronzo, dopo aver finito la sua terza porzione di qualcosa di francese fatto con una polpa di granchio ripiena in una spessa bistecca, patate novelle, e una deliziosa salsa di vino denso sopra il tutto, mi guardava con occhio critico in silenzio. Non dissi nulla mentre continuavo a mangiare. Sapevo cosa stava pensando. Ma dovevo ammettere che era davvero delizioso.

Mangiammo tutto.

Non lasciammo nemmeno un cucchiaio di salsa da leccare per i due ragazzi.

Ci scusammo per la nostra golosità. Howie ed Eric apprezzarono. Erano molto contenti che avessimo trovato il loro recente esperimento così delizioso. Alla fine, arrivammo a parlare di cosa avessero visto e sentito nel cimitero dietro il loro edificio.

I dettagli di base erano abbastanza semplici. I due erano tornati a casa dopo una sessione pomeridiana a scuola. Erano entrati nel loro caldo appartamento e avevano cominciato immediatamente ad aprire le finestre per arieggiare il posto. Era stato allora che avevano sentito gli spari.

"Nove millimetri, agenti. Erano in due. Giù al torrente nel cimitero", Eric annuì con certezza. Sostenuto dal cenno consapevole di Howie. "Chiaro come il sole. Uno ha sparato deliberatamente. L'altro sparava a raffica."

Volevo chiedere se ne fossero sicuri, ma non lo feci. Due cecchini dell'esercito con un esperienza di tre missioni conoscono bene una 9 millimetri.

"Gente che fa il tiro al bersaglio con le lattine giù al torrente?" Frank chiese mentre ci sedevamo sugli alti sgabelli accanto al bancone che separava la cucina dell'appartamento dalla piccola sala da pranzo.

"No, no. Assolutamente no", disse Howie, accigliandosi e scuotendo la testa. "Abbiamo già sentito sparatorie di questo tipo. Qualcuno era molto arrabbiato con qualcun altro. Molto."

"Tanto arrabbiato da fare una strage", Eric annuì. "Ma non è tutto. Quando è iniziata la sparatoria, Howie e ci siamo affacciati per guardare fuori e cercare di vedere qualcosa. Diglielo tu, caro, cosa è successo dopo."

"Stavamo guardando fuori, nella direzione degli spari e questa figura scura esce di corsa dalla fila di alberi, correndo a più non posso. Altri spari escono dagli alberi. E poi... e poi... oh, *mio Dio*! Ho paura che non ci crederete."

"Cristo, caro. Diglielo. Ci crederanno."

"E va bene", sospirò Howie, senza troppa convinzione. "È scomparso, agenti. Semplicemente... *è scomparso* nel nulla mentre correva attraverso il cimitero."

"Scomparso", ripetei, alzando un sopracciglio per la sorpresa. "Non è caduto a terra. Non è stato colpito. Lui..."

"Semplicemente svanito", aggiunse Eric, con assoluta certezza.

Io e Frank ci guardammo l'un l'altro e poi guardammo di nuovo i nostri ospiti.

"No", disse Eric, scuotendo la testa e alzando una mano per fermarci. "So cosa state per chiedere. La risposta è no. Non siamo andati a indagare. Howie e io abbiamo avuto la nostra dose di violenza nella vita. Più che abbastanza, grazie. Pistole, uomini arrabbiati e violenza non sono più cose che ci riguardino."

"Ma abbiamo chiamato il 911", aggiunse Howie. "Due volte. Una volta subito dopo la scomparsa dell'uomo, ieri sera, e una volta questa mattina."

Era vero. Avevano chiamato due volte. La prima volta il centralinista l'aveva registrata, ma si era dimenticato di passare il messaggio. Avrà pensato, come noi, che qualcuno fosse giù al torrente a tirare al bersaglio. Ma la seconda volta, un altro operatore ci aveva pensato un po' di più. Così il messaggio aveva iniziato a farsi strada attraverso i canali fino a quando abbiamo deciso di controllare.

Dovevamo controllare il cimitero. Ci congedammo dai due chef in erba, vedendo nei loro occhi la preoccupazione per la nostra sicurezza, e ci dirigemmo fuori dal condominio. Ballando nel traffico leggero davanti agli appartamenti, salimmo sulla Camaro e ci allontanammo dal marciapiede. A mezzo isolato lungo la strada, c'era un'entrata in disuso tra le dolci colline del posto. Sotto un luminoso sole estivo, la massa accumulata di lapidi e sarcofagi che disseminava fittamente la campagna quasi vergine al margine meridionale della città appariva pittoresca.

Non avevamo voglia di ammirare il paesaggio. Nel momento in cui imboccammo la stradina di ghiaia bianca, che si snodava intorno alle colline ed entrava e usciva da piccoli praticelli nascosti, lo sentimmo entrambi. Quel disagio che la maggior parte dei poliziotti acquisisce con l'esperienza quando qualcosa non va. Scendendo lentamente verso il torrente, seduti nell'abitacolo aperto della decappottabile, prendemmo entrambi le armi allo stesso momento.

Parcheggiammo l'auto all'ombra di una grande quercia e scendemmo lentamente. I nostri occhi osservavano con sospetto l'ambiente circostante. Quel giorno stavo sperimentando. Invece della fidata Kimber calibro 45 che generalmente portavo in una fondina a tracolla sotto l'ascella, mi portavo dietro una Smith & Wesson calibro 40 M&P. Meno peso e più colpi della fidata Kimber. La Kimber teneva otto colpi. La Smith & Wesson aveva 15 colpi calibro 40. Una grande differenza in uno scontro a fuoco. Mentre io e Frank eravamo accanto alla Camaro e guardavamo i fitti alberi che ci circondavano, ognuno di noi teneva saldamente in mano la propria arma, l'idea di qualche colpo in più nel caricatore non mi dispiaceva.

Trovammo il corpo circa quindici minuti dopo, a faccia in

giù in una fossa aperta. È interessante notare che gli avevano sparato in alto nella spalla sinistra mentre stava scappando da chi aveva sparato. Il colpo mortale era stato inflitto da qualcuno che arrivando da dietro gli aveva colpito la nuca con qualcosa. Probabilmente la pala insanguinata gettata nella tomba che giaceva nella terra accanto a lui.

La cosa strana era che c'era solo una serie di impronte che portavano alla tomba. Quelle dei lunghi passi di un uomo che correva. Quelle della vittima. Nessun altro aveva pestato il terreno smosso finché io e Frank non ci avvicinammo alla fossa e guardammo dentro.

Frank si acciglió, disse qualcosa tra sé e sé e alzò lo sguardo verso di me.

"Fantasmi. Odio i fantasmi."

"Sì. Anch'io, amico. Ma la domanda da porsi è *perché*? Perché l'hanno ucciso? Perché qui? Cosa sta succedendo?"

"Facciamo un passo indietro", ringhiò il ragazzone, girandosi parzialmente e puntando la canna della sua Glock 17 verso la Camaro. "È arrivato correndo da quella direzione. Quindi deve aver visto qualcosa laggiù."

Tornammo sui nostri passi, trovammo le impronte dell'uomo morto che correva verso la sua tomba e le seguimmo oltre la macchina e nel fondo asciutto del torrente. Perdemmo le tracce mentre ci infilavamo nel fitto sottobosco, ma le recuperammo in un paio di punti nel letto asciutto del torrente. Ancora in corsa. Il ragazzo stava correndo per salvarsi lungo il letto roccioso del torrente. Qualunque cosa l'avesse spaventato, era a pochi metri dal torrente. Impugnando saldamente le nostre armi, cominciammo a muoverci in quella direzione.

Fu allora che iniziò tutto. Cose sinistre.

Come ho detto, né Frank né io crediamo ai fantasmi. Ma questo non significa che non ci siano state alcune volte nelle nostre carriere professionali in cui sono successe cose strane a entrambi che abbiamo trovato difficili da spiegare. Come in questo caso. Muovendoci tra le rocce ruvide del letto del torrente, abbiamo cominciato a sentire dei suoni. Rumori di rami e cespugli mossi da qualcosa di grosso che camminava furtivamente. Un rumore leggero come quello di un ventaglio che soffia tra le lenzuola. E poi c'erano piccole pietruzze, grandi come biglie, che rotolavano lungo le rive del torrente e nel torrente stesso.

Erano rumori improvvisi. Inaspettati. Iniziavano ogni volta che distoglievamo lo sguardo dalla loro direzione.

Ad un certo punto, credetti di vedere qualcosa con la coda dell'occhio comparire per un nanosecondo tra due grandi alberi prima che scomparisse nell'oscurità cupa del sottobosco. Qualcosa di marrone. Sembrava il fianco di un cervo. O forse qualcuno che indossava dei pantaloni di pelle.

Davanti a me, Frank si chinò più in basso, si voltò a guardarmi e si portò un dito alle labbra, avvertendomi di fare silenzio. Io annuii. Davanti a noi, sentii il debole rumore di gente che parlava, insieme al suono di qualcuno che lavorava sodo con una pala. Qualcuno stava scavando rapidamente e frettolosamente, scaricando i carichi della pala su un lato. Ero ancora alle spalle di Frank quando cominciammo a muoverci nella direzione dei rumori.

Fu allora che si scatenò l'inferno.

Alle nostre spalle, sulla riva alta del torrente, sul lato destro, ci fu un improvviso e forte stridore, che sembrava il lamento di qualcuno che soffriva immensamente, appena prima che l'esplosione fragorosa di un AK-47 partisse, rimbombando attraverso il cimitero. Mi girai, puntando la Smith & Wesson, e intravidi per un momento qualcosa in una pelle di daino marrone che ballava in modo macabro prima di scomparire di nuovo nel sottobosco. A quel punto, un uomo apparve improvvisamente dal sottobosco, scivolando sulla ghiaia della riva del torrente, con la testa piegata in modo innaturale da un lato, era sicuramente morto . Qualcuno, o *qualcosa*, aveva spezzato il collo dell'uomo come se fosse un ramoscello e lo aveva lasciato andare.

Non c'era tempo per andare a esaminare il corpo. Improvvisamente, l'oscuro mondo del sottobosco e l'aria immobile del letto del torrente si accesero di spari. In meno di un secondo, io e Frank ci trovammo sotto assedio. Entrambi ci tuffammo per trovare una qualsiasi copertura, mentre sparavamo a bersagli invisibili. Per circa cinque secondi, il rumore della guerriglia urbana risuonò forte e chiaro. Intravidi qualcuno che teneva in mano un AR-15 e sparava nella nostra direzione. Due colpi alla gamba sinistra dell'uomo lo fecero cadere urlante di dolore nel letto asciutto del torrente .

E poi, così all'improvviso come era iniziato, tutto finì.

Silenzio. Investì la semioscurità del torrente con una chiarezza sorprendente.

Non era un silenzio assoluto. Sopra di noi, da entrambi i lati, nascosti nel sottobosco, sentivamo i gemiti di dolore di diversi uomini. E poi, c'era il fruscio del sottobosco alla nostra sinistra. Forte. Inquietante. E poi... ancora silenzio.

Guardai dietro di me, vidi che Frank era ancora tutto intero. Girandomi, guardando le rive del torrente, mi chiesi cosa sarebbe successo dopo. Entrambi scrutammo le rive e poi cominciammo a muoverci verso l'alto, fuori dal letto del torrente. Quando raggiungemmo la linea del sottobosco sopra di noi, le voci di Howie ed Eric iniziarono a gridare a squarciagola.

"Sergente Hahn! Sergente Morales! Ci sentite? I soccorsi stanno arrivando! Abbiamo chiamato la polizia e abbiamo detto che avete bisogno di aiuto immediato! Le ambulanze stanno arrivando!"

I due erano a pochi metri da noi. Li sentimmo appena

prima di sentire le sirene di una dozzina o più auto della polizia che si avvicinavano. In dieci minuti, il letto del torrente e il cimitero erano pieni di agenti di polizia di tre diversi dipartimenti locali.

Era una questione di droga. Un cartello usava un particolare luogo di sepoltura, che potevano raggiungere scavando un tunnel dal torrente alla tomba stessa, come deposito della droga importata dal Messico. Parcheggiavano il loro camion a poche centinaia di metri dalla tomba, scendevano lungo il letto asciutto del torrente fino a raggiungere il sito designato, e poi scavavano nella riva del torrente.

Si scoprì che l'uomo morto a faccia in giù nella fossa aperta che avevamo trovato era uno dei membri del cartello. Uno dei sopravvissuti allo scontro a fuoco aveva assistito alla fuga improvvisa dell'uomo che stava scappando il giorno prima. Il capo della banda aveva pensato che l'uomo stesse scappando da loro e così lo aveva inseguito e gli aveva sparato nella schiena. L'uomo era poi caduto tomba aperta. Ma questo era tutto. Dopo che il tizio era caduto nella tomba, il tizio si era girato ed era tornato dalla sua banda per finire il lavoro. Il testimone giurava che nessuno avesse colpito il tizio in testa con una pala. Perché avrebbero dovuto? Tutti pensavano che fosse già morto.

Non abbiamo mai scoperto chi abbia ucciso il tizio. Non scoprimmo mai nemmeno chi avesse attraversato, senza essere visto, il fitto fogliame del sottobosco sulle rive del torrente e devastato la banda della droga in un silenzioso combattimento corpo a corpo, salvando però le chiappe mie e di Frank.

I nostri primi sospetti si riversarono naturalmente su Howie ed Eric. Ex veterani di guerra. Addestrati nel combattimento corpo a corpo e bravi a farlo. Quando li trovammo in piedi accanto alla Camaro, con l'aria preoccupata e stanca per lo sprint dal condominio e attraverso il cimitero fino al bordo del torrente, nessuno dei due indossava qualcosa di pelle marrone.

Uno aveva una camicia di seta blu con motivo cachemire e un paio di jeans blu. L'altro indossava qualcosa di verde lime e un paio di pantaloncini bianchi. Giurarono di non aver contribuito a salvarci la vita.

Era difficile non crederci.

Quindi.

Io e Frank continuiamo a non credere ai fantasmi. Ma non abbiamo la minima idea di cosa sia successo quel giorno nel letto di quel torrente. Tutto quello che posso dirvi è questo. Circa cinque mesi dopo, Frank ed io siamo diventati proprietari per un quarto di un ristorante molto chic, aperto nel cuore del centro da due favolosi chef.

Sì, non ricordarmelo. Il mondo è bello perché è vario, amico. Molto vario.

## IL CURIOSO SIGNOR KLAUS

L e vacanze.

Il suono costante dei canti di Natale.

Le orde di persone che si muovono come gigantesche mandrie di bestiame da un negozio all'altro in cerca dell'acquisto dell'ultimo minuto. Uscendo dai negozi così pieni di pacchi che si piegano e barcollano per il carico.

Le vacanze di Natale.

Tutti dovrebbero essere felici e contenti. Lo spirito gioioso e quella voglia di donare. Lo spirito delle vacanze. E altre emozioni di merda come queste.

Certo.

E, naturalmente, il tempo in questa città contribuisce all'atmosfera natalizia. Venti gelidi e freddi che soffiano dai fiumi, abbastanza freddi da far sembrare un paradiso tropicale una sonda spaziale su Marte che sorveglia cieli arancioni. La neve cade a giorni alterni. Viene giù vendicativa e incasina il traffico della città in un gigantesco groviglio di auto rumorose, autisti che bestemmiano e casi terminali di stronzi irascibili.

Erano le otto di sera della Vigilia di Natale, e solo Frank, io e il tenente eravamo in servizio.

Le vacanze di Natale. Le odio.

"Ah, smettila di lamentarti, vecchio Grinch brontolone. Ecco, bevi questo. Un po' di zabaione con un po' di spezie ti farà sentire meglio."

Frank, il mio collega qui alla Omicidi del distretto South Side, si avvicinò a me come un gorilla in gabbia e mi mise in mano un alto bicchiere di liquido giallo. Era alto quanto me, ma forse pesava una cinquantina di chili di più. Il bicchiere di zabaione g nella sua mano sembrava un bicchierino. Tenendo la mia opinione per me, sollevai il bicchiere e ne bevvi un lungo sorso.

Ebbi quasi i conati di vomito per la quantità di alcol presente.

"Gesù, cosa hai fatto? Hai svuotato l'antigelo della motoslitta di tuo figlio? Per carità, non accendere un fiammifero qui dentro. Questo miserabile posto salterebbe in aria!"

"Buono, eh?" Frank rispose, gli angoli delle sue labbra si contrassero – era il suo modo di sorridere – mentre si sedeva alla sua scrivania e mi guardava. "Deve essere piuttosto buono. Yank è venuto qui otto volte a chiederne ancora."

Yank era il tenente Dimitri Yankovich. Comandante del secondo turno di guardia e responsabile diretto del secondo piano del distretto, la sezione detective. Yank era un brav'uomo. Un bravo capo. Raramente aveva qualcosa da ridire su qualcuno. E a quanto pare gli piaceva lo zabaione di Frank. Molto.

"Ne hai ancora?" Chiesi, guardando il bicchiere vuoto e poi di nuovo il mio compagno.

Frank indicò l'antica reliquia, malconcia e sfregiata, di quello che una volta era stato un frigorifero nella stanza degli inservienti vicino alle scale. Mi girai e mi diressi in quella direzione, ma il telefono sulla mia scrivania si illuminò. La piccola luce quadrata che lampeggiava sul telefono indicava che la chiamata veniva dal piano di sotto, dallo sportello. Lo presi, lo portai all'orecchio e lo tenni fermo con una spalla mentre allontanavo la sedia dalla scrivania e cominciavo a sedermi.

"Sì, Dougie? Che cos'hai?"

Dougie era il sergente Douglas Timmons. Un veterano di venticinque anni delle forze in uniforme, la metà dei quali li aveva passati allo sportello e ascoltare praticamente ogni tipo di crimine, ogni cosa folle e pazza che un essere umano potesse commettere. Ha visto tutto e ha ripulito la maggior parte dei casini che gli sono capitati. Nulla lo spaventava. Niente lo sorprendeva.

"Sto mandando su un anziano signore di nome Friedrich Klaus. È il proprietario della sartoria Klaus in Houston Street. Negli ultimi due giorni è venuto qui a chiedere di vederti, Turner. Lei è qui. Lui è qui. È ora che ascolti la sua storia."

"Di cosa si tratta?"

"No, non ti dico niente. Se lo facessi, probabilmente mi faresti internare in un manicomio. Sono fatti tuoi, ragazzo. Una rogna."

Gli dissi di mandarlo su e guardai Frank.

"Abbiamo clienti?"

"Elfi", dissi, voltandomi a guardare la tromba delle scale attendendo l'arrivo di Friedrich Klaus. "Chi altro potrebbe uscire di casa in una notte come questa?"

Cazzo. Elfi, davvero.

L'ometto salì le scale con una bombetta in testa, l'ombrello e un trench pesante blu marino molto ben fatto. Aveva guance chiare e rubiconde, un naso tondo e molto rosso, portava occhiali con la montatura a filo e aveva barba e baffi bianchi, i più bianchi che avessi mai visto, tagliati e curati con maestria.

Guardando Frank, sollevai un sopracciglio con aria interrogativa. Lui scrollò le spalle dolcemente disse mimando con la bocca la parola "Elfi".

"Detective Hahn e Morales, finalmente ho il piacere di conoscervi!"

La sua stretta di mano era sorprendentemente forte attraverso i guanti grigi che indossava. Gli chiesi di sedersi e dirci cosa c'era di così importante per uscire in una notte come quella e guidare nel vento e la neve per venire al distretto South Side.

L'ometto dalle guance grasse e rubiconde annuì, ma l'allegria che illuminava i suoi occhi si spense come una lampadina e fu sostituita da un profondo sguardo di preoccupazione.

"Temo che dovremo mettere da parte i convenevoli, signori. Voi due siete gli unici che possono aiutarmi. E abbiamo così poco tempo."

"Cosa possiamo fare per lei?" Chiesi, sedendomi alla mia scrivania e ruotando la sedia per guardare l'omino elegantemente vestito.

"Domani sera, precisamente alle nove di sera, morirò. A meno che lei non riesca a trovare il pazzo che vuole uccidermi."

Io e Frank fissammo l'omino di fronte a noi – sbattendo le palpebre un paio di volte per la sorpresa – incapaci di trovare qualcosa da dire. L'uomo dalla faccia rubiconda seduto di fronte a noi guardò prima me, poi Frank, l'irritazione sul suo volto era chiaramente visibile.

"Vedo delle cose, ragazzi. Ho... delle visioni. Immagini di persone... eventi... luoghi. A volte sono abbastanza vivide. A volte sono confuse. Come guardare un programma televisivo attraverso la carta oleata. Sento anche i pensieri degli altri. Sento i pensieri di entrambi in questo momento. Pensate che io sia pazzo."

"Lei sente i pensieri?" Ripetei. "Non leggere i pensieri. Ma sentire i pensieri. C'è una differenza?"

"Molta", annuì il piccolo elfo, accigliandosi. "Non sento mai esattamente cosa pensa una persona. Ma ho un'impressione generale. Come quella che viene da lei, sergente Morales. Lei vuole delle prove. Una prova solida a sostegno di ciò che dico. Molto bene, ecco la prova."

Il signor Klaus si alzò improvvisamente, si girò e si diresse verso lo sgabuzzino, dove c'era il frigorifero della sala operativa. Si muoveva come se sapesse esattamente dove stesse andando. Anche se, per quanto ne sapessi, non aveva mai messo piede nell'edificio prima. Quando uscì dalla stanza aveva la grande brocca di zabaione di Frank nella mano guantata. Camminò fino a dove eravamo seduti, versò a ciascuno di noi un bicchiere pieno e uno per sé con un bicchiere pulito che aveva preso dalla mensola sopra il frigorifero.

"Il rum nello zabaione che ha fatto, sergente Morales. Viene dalla bottiglia di rum costoso che il sergente Hahn ha comprato per lei e che ha nascosto sopra la cappelliera laggiù. Gliel'avrebbe data stasera, a fine turno. Ma lei l'ha trovata quando siete entrati in servizio questo pomeriggio. Così ha deciso di fare un po' del suo famoso infuso. Piuttosto delizioso, aggiungerei."

Colpito, guardai l'omone seduto di fronte a me. Frank mi guardava, con gli angoli delle labbra che si contraevano, rideva con lo sguardo. Annuì, scrollò le spalle e prese il suo zabaione.

"E lei, sergente Hahn. Sta pensando di comprare una vecchia auto da restaurare per la sua collezione. Una Oldsmobile 442, vero? Bene, guardi tra la posta e veda cosa dice il dipartimento della motorizzazione. Il secondo foglio nella scatola della posta. Sì, è quello. È quella, la lettera."

Stavo pensando di comprare una vecchia auto sportiva da mettere a nuovo. È il mio hobby. Accigliato, tirai fuori il foglio e gli diedi un'occhiata. Rubata. Rubata nell'ottantasei in una strada residenziale di San Diego.

Sorridendo, impressionato, gettai il rapporto sulla scrivania e riportai la mia attenzione sul nostro elfo.

"Chi vuole ucciderla?"

"Non lo so. Ma a quanto pare vi conosce. Vuole uccidere lei, sergente Hahn, o lei, sergente Morales. Non lo so con precisione. Ma mi sta usando per arrivare a voi."

"Ah," grugnii, aggrottando la fronte e tirando il lobo del mio orecchio destro. "Questo significherebbe che in qualche modo la conosce e sa dei suoi... come dire... doni di chiaroveggenza."

"Cosa vede... o sente... dai suoi pensieri?" Chiese Frank.

"Scarpe", sussurrò in risposta.

"Scarpe", gli feci eco, accigliandomi.

"Nell'ultima settimana ho... Ho avuto queste immagini mentali dell'evento di domani sera. Immagini di un palo di metallo e cartelli stradali, alberi dietro i cartelli che soffiano per il forte vento, neve che cade dagli alberi in una cortina bianca e una vecchia casa abbandonata. Ma l'immagine più spaventosa che vedo è un corridoio in penombra, parzialmente illuminato e un paio di gambe di un uomo, vestito con pantaloni grigi, che giace nel corridoio con un flusso di sangue che scorre oltre la gamba destra. È qui che entrano in gioco le scarpe. Mocassini neri, fatti da una piccola ditta chiamata Pakkers. Molto rari. Difficili da trovare."

Inarcai un sopracciglio per la sorpresa. Ai piedi avevo un paio di mocassini neri. La marca di cui parlava il nostro piccolo elfo. Gettando uno sguardo ai suoi piedi, notai che anche lui aveva lo stesso tipo di scarpe.

Rivolsi un'occhiata a Frank. Mi stava fissando. Un cipiglio sulle sue labbra sottili e grigie.

"Capisce il mio dilemma", disse dolcemente il piccolo sarto dalla faccia rubiconda e dalla barba folta. "Uno di noi morirà, sergente Hahn. Penso che sarò io. Ma potrebbe benissimo essere lei."

"I cartelli stradali. Dove?" Chiese Frank.

"Angolo tra Dreary Lane e Hope Street."

Avrei sorriso e liquidato l'intera faccenda come uno scherzo, forse una bravata perpetrata da un collega a cui sapevo che piaceva fare piccoli scherzi alla gente. A me in particolare. Ma c'*era* una Dreary Lane. E una Hope Street. E si incrociavano. Il brutto muso di Frank non aveva quel sorrisetto diabolico che aveva quasi sempre sulle labbra quando faceva uno scherzo. Sembrava terribilmente serio. Il nostro piccolo elfo aveva un aspetto pallido e spaventato.

"Ok. Facciamo così", dissi, annuendo. "Io e Frank andremo all'incrocio tra Dreary Lane e Hope a controllare. Voglio che lei rimanga qui. Al piano di sotto. Il sergente alla scrivania la terrà d'occhio fino al nostro ritorno. Intesi?"

Non ci volle molto per attraversare la città e trovare l'incrocio tra Dreary Lane e Hope. Stranamente, a metà strada, il vento si alzò e cominciò a soffiare abbastanza forte da mandare spruzzi di neve in una cortina bianca attraverso le strade. Scendendo dalla macchina, diedi un'occhiata incrocio. La vernice del cartello stradale di Dreary Lane si stava staccando. Era per metà ricoperta da una spessa macchia di ruggine rosso scuro. Come il colore del sangue. Allungando la mano, tirai su il colletto del mio cappotto di lana pesante della Marina e mi ci rannicchiai dentro. Il vento era gelido.

"Turner", disse la voce di Frank con calma. "Guarda gli alberi."

Dietro i cartelli stradali, gli alberi danzavano all'impazzata. La neve cadeva rapidamente da essi, creando una cortina accecante di bianco puro. Uno sguardo agli alberi e alla neve e la mia mano raggiunse il cappotto, le mie dita avvolsero il calcio della Kimber semiautomatica calibro 45 che portavo sotto l'ascella sinistra.

Non so, avete mai avuto brividi di freddo che percorrono le dita ghiacciate su e giù per la schiena? Brividi non dovuti al freddo o al vento. Ma a qualcos'altro. Qualcosa come il terrore.

Su una piccola collinetta c'era una casa vuota a due piani. Mi venne in mente la casa del film *Psycho di* Hitchcock. Finestre scure e senza vita ci fissavano. Le persiane da qualche parte al secondo piano sbattevano a causa del vento. Direttamente sopra l'ingresso principale c'era una finestra rotta con una sola tenda bianca sbiadita, che ci salutava mentre ci avvicinavamo. Camminando nella neve alta fino alla casa, sentii Frank grugnire accanto a me.

"Non mi sto confondendo, vero? Voglio dire... è Natale, no? Non Halloween?"

Sorrisi, raggiunsi il portico e provai ad aprire porta d'ingresso con una mano guantata per vedere se fosse chiusa a chiave. Non lo era. Perlustrammo la casa dalla soffitta fino al seminterrato e non trovammo nulla, ma due volte entrambi pensammo di aver sentito dei passi sul pavimento sopra le nostre teste. E una volta, credetti di sentire una debole risata. Tuttavia, non potevamo esserne sicuri. Il vento si faceva ancora più forte fuori e soffiava dentro la casa come un piccolo tornado. I passi, le risate – potevano essere solo il vento e i nostri nervi che ci giocavano brutti scherzi.

Ma io non ne ero sicuro.

Quando tornammo a South Side il nostro Friedrich Klaus era scomparso. Sparito. Aveva detto al sergente Timmons che sarebbe andato a casa a impacchettare i regali di Natale. Se avessimo avuto qualche domanda avremmo saputo dove trovarlo.

"Turner, domani è Natale. Io, mia moglie e i bambini

andiamo a Kansas City per passare il Natale con mio fratello e la sua famiglia. Non sarò libero fino a ben oltre la mezzanotte."

"Lo so, Frank. Lo so. Non preoccuparti. Io starò semplicemente a casa. Me ne occuperò io. Probabilmente non è niente, comunque. Salutami tuo fratello e sua moglie."

Natale.

Un momento di allegria. Di scambio di regali con i propri cari. Vedere i volti dei bambini illuminarsi quando aprono i loro regali. Ridere e raccontare vecchie storie di famiglia intorno al tavolo mentre ci si rilassa dopo la grande cena di Natale.

Natale.

Mi fermai con la macchina di fronte alla casa del nostro strano signor Klaus. Seduto al volante della Pontiac GTO del 66, mangiavo hamburger e bevevo coca cola mentre guardavo la neve arrivare dal fiume Brown. Niente si muoveva lungo la tranquilla strada della casa dei Klaus. I bambini uscivano nel tardo pomeriggio con slitte nuove e le provavano nella bufera, lanciavano palle di neve a qualsiasi cosa si muovesse. Un paio di taxi si fecero strada per fermarsi davanti a una casa o due. Nonni e amici scendevano, portando con sé sacchi pieni di pacchi natalizi ricoperti di brillanti. Venivano accolti a metà strada sui marciapiedi coperti di neve da parenti e amici che si riversavano fuori dalle loro case felici e contenti.

Poco dopo le otto di sera, la porta del garage di casa Klaus si aprì e una Jeep Cherokee a quattro ruote motrici, di colore rosso acceso, ne uscì, sfondò il muro di neve che si era formato davanti al garage e fece marcia indietro in strada. Il nostro elfo dalla carnagione rubiconda era seduto al volante della Jeep.

Non fui affatto sorpreso quando la Jeep rossa si fece strada lentamente attraverso le strade deserte della città e si fermò davanti a una casa situata all'angolo tra Dreary Lane e Hope Streets. Guardai Klaus rotolare fuori dall'auto e camminare nella neve per arrivare all'ingresso della casa. Nel momento in cui scomparve all'interno, scesi dalla GTO e mi avviai verso l'entrata sul retro di quel posto inquietante.

Entrando dalla porta della cucina, con la pistola in una mano e una grande torcia nell'altra, attraversai la stanza ed entrai in un lungo corridoio buio che portava al soggiorno. Sentii il pavimento scricchiolare dietro di me. Mi girai, intravidi una massa nera che si avventava verso di me, una mano che si alzava sopra la testa, qualcosa di spesso e nero nella mano guantata.

Era un piede di porco. Si incrinò con un colpo fortissimo sulla mia mano armata. Sentii le ossa spezzarsi come fossero fiammiferi. Barcollando all'indietro, gettai la torcia in alto e feci in modo che il secondo colpo del piede di porco mi schivasse e si allontanasse dal mio cranio. Ma nell'oscurità non vidi in tempo il pugno guantato. Mi prese alla mascella, facendomi scattare la testa all'indietro. Mi annebbiò la vista. Non ricordo di essere caduto in ginocchio per il colpo. Scossi il capo, cercando di recuperare la vista, cercai di alzarmi. Ma sentivo le gambe pesanti e non riuscivo a mettere a fuoco.

Sentii una risata, quella di un pazzo, e poi, e poi, ancora dolorante...

BOOM! BOOM!

Il suono rimbombante di una Glock 9 mm che esplodeva due colpi rapidi, direttamente dietro di me. Udii un grugnito e poi il rumore di un corpo pesante che cadeva a terra davanti a me.

Quando aprii gli occhi e sbattei le palpebre, mi ritrovai seduto. Sostenuto dalla manona grande come una pala da neve di Frank, inginocchiato accanto a me. Sembrava che qualcuno avesse parcheggiato un bulldozer sul mio braccio destro e stesse cercando di farlo a pezzi con i suoi cingoli. Non riuscivo ad aprire troppo la mascella. Ma i miei occhi funzionavano.

Riuscivo a vedere i capelli color carota e la mascella quadrata di Frank che mi teneva saldamente.

"Stai bene, Turn? Non importa. Resta fermo. Sta arrivando un'ambulanza. E non muovere il braccio destro. Dannazione ragazzo, hai un aspetto orribile."

Sorrisi.

"Ciao, amico. Come stanno fratello e famiglia?"

"Una noia. Come al solito. Quella merda non cambia mai."

Guardai verso il corridoio semi-illuminato. In un alone di luce fioca c'erano delle gambe. Dei pantaloni grigi, i piedi coperti da un paio di Pakkers neri. Il sangue scorreva come melassa fredda sul pavimento, oltre la gamba destra.

"Klaus?"

"Non è Klaus", grugnì Frank, scuotendo la testa. "Non ho idea di chi sia. Ma conosco Friedrich Klaus. Passa il Natale con suo figlio giù in Florida, ogni anno. A quanto pare, questo stronzo non lo sapeva."

"Hai sempre saputo che non era un sarto?" Chiesi guardando nell'oscurità la fioca sagoma del viso di Frank.

"Sì. Ho pensato di lasciarlo giocare e vedere come andava a finire. Ben oltre rispetto a quanto pensassi. Scusa, amico."

"Beh, solo per fartelo sapere. Offrirai il pranzo per il resto dell'anno", ringhiai. "Comunque. Sono contento che tu sia venuto."

Il Natale. Un momento per stare con la famiglia. Un momento per godersi il buon umore e le risate dei buoni amici. Ma – ho detto quanto odiavo il Natale?

Non questo. Questo Natale ero felice di essere vivo.

## LAME DI SCINTILLANTE GIADA

La Shelby Mustang rossa scivolò accanto a un marciapiede vuoto e si fermò nell'ombra profonda, tra due lampioni spenti. Spensi il motore e tirai via le chiavi, il rombo profondo del Ford V8 cessò bruscamente, la notte si fece molto tranquilla e stranamente minacciosa. Scesi dalla Shelby recentemente restaurata, la vernice rossa brillante era così fresca e pulita che si poteva vedere la luce delle stelle che si rifletteva sul cofano. Diedi un'occhiata al mio collega e poi mi voltai a fissare di fronte a noi.

Era una notte calda. Fine luglio.

Certo, le città sul finire dell'estate sono calde anche di notte. Ma il caldo estivo di questa città non ha eguali. Un'umidità tanto densa che si potrebbe spremere acqua dall'aria a mani nude. Quell'assillante panico crescente che ti fa percepire di stare per soffocare ad ogni respiro. Lo sforzo fisico necessario solo per camminare sull'asfalto e sui marciapiedi con quelle spire di calore radiante che si arrotolano in onde pulsanti di un'intensità che toglie la forza.

Quando faceva così caldo e umido si poteva scommettere

su una cosa. L'elettricità statica riempiva la notte con la promessa di un temporale. Uno bello grosso. Pieno di fulmini e tuoni che sarebbero iniziati dopo mezzanotte e sarebbero proseguiti fino a poco prima dell'alba.

Come un orologio, fratello. Come le tasse.

La tempesta stava arrivando e non si poteva fare un bel niente. Tranne sopportare. Tranne sedersi in un posto asciutto con un secchio di ghiaccio pieno di una mezza dozzina di bottiglie di birra fredda per passare il tempo. Perché di sicuro non riusciresti a dormire. Non in una serata del genere. Non con lo spettacolo di luci, la pioggia battente e il rombo costante dei tuoni alle finestre che ti tengono sveglio.

Ed eccoci qui, io e il mio partner, in procinto di iniziare a lavorare su un altro caso di omicidio.

La chiamata arrivò a mezzanotte meno un quarto, un quarto d'ora prima che io e Frank smontassimo. Sì, tipico. Eravamo gli unici detective disponibili. Tutti gli altri erano fuori a lavorare ai casi. È una città relativamente piccola, non siamo come New York o Kansas City, dei quattro distretti eravamo gli unici detective della omicidi disponibili. Così, eccoci. In un cimitero situato su un'alta scogliera che domina le acque scure dell'ampio fiume Brown. Davanti ai cancelli di ferro battuto osservavamo, in lontananza, i fasci ondeggianti e intermittenti delle torce dei due agenti di pattuglia che avevano risposto per primi alla chiamata.

"Non sento nemmeno una vibrazione positiva, Turner. Davvero, influssi negativi. Non c'è niente di buono qui."

Feci un mezzo sorriso e guardai il mio collega.

"Frank, non lo sapevo. Sei superstizioso?"

"Lo sai meglio di me. Lo senti anche tu. E non negarlo."

Aveva ragione, lo percepivo.

Quando si lavora a casi di omicidio da tanto tempo come noi, si sviluppa un sesto senso. È simile alla sensazione di cose raccapriccianti che si muovono nel retro della tua mente. Non succede spesso. Non è comune. Ma fratello, te lo dico io, quando senti quei piccoli brividi striscianti, è meglio prestarci attenzione. È un segnale di avvertimento precoce che ti fa sapere che le cose non sono come sembrano.

Proprio come l'inizio di questo caso.

Nel momento in cui ci fermammo davanti ai cancelli di ferro, le luci di allarme cominciarono a lampeggiare. Un cadavere in un cimitero. Quasi un cliché. Un cadavere in un cimitero con la nebbia che cominciava a salire dal fiume. I fasci di luce degli agenti che erano arrivati per primi illuminavano alternativamente le lapidi del cimitero, poi si concentrarono di nuovo in un punto preciso, mentre camminavano intorno al corpo in cerca di prove. Quando arrivammo sulla scena del delitto, tutti gli agenti erano concentrati in un unico gruppo, con le torce puntate su qualcosa che giaceva su una tomba accanto al corpo.

Guardammo il corpo. Entrambi ci aspettavamo il peggio. Un po' viene automatico, quando ti trovi sulla scena di un omicidio nel mezzo di un cimitero. Non rimanemmo delusi. Il deceduto era un uomo sulla ventina o trentina. Qualcuno aveva usato una specie di corda intrecciata e aveva legato le mani della vittima dietro la schiena. Uno strano pezzo di stoffa era stato usato come bavaglio. Il panno sembrava vecchio. Sporco. Come qualcosa che si potrebbe tirare fuori da un mucchio di spazzatura. O forse da un sito archeologico.

Ma non c'erano dubbi sulla causa della morte. Il nostro assassino aveva aperto il petto dell'uomo dal mento all'ombelico e gli aveva strappato il cuore. Il cuore era scomparso. Ma sulla tomba accanto a lui c'era lo strumento usato per il macabro atto. Un coltello. Un coltello fatto di due pietre. La lama era una lunga e larga pietra di ossidiana nera. Il manico era di giada verde. Giada verde, intagliata a forma di puma accovacciato, in procinto di balzare sulla sua vittima.

"Pittoresco", grugnì Frank, mentre teneva il suo fascio di luce al centro del petto del morto. "La causa della morte non può essere una ferita d'arma da fuoco, o una mazza da baseball, o una motosega. Oh, diavolo, no. Deve essere la lama di un guerriero azteco. Una lama alquanto affilata."

Tenevo la torcia in mano puntata sul coltello. Inginocchiandomi, studiai la lama un po' più da vicino. L'arma era coperta di sangue. Ma sembrava che avessero usato qualcosa per pulire il manico. Ripulito da ogni impronta, senza dubbio. Ma l'arma sembrava antica e autentica.

"Il giaguaro è un motivo comune agli Aztechi. Molte società di guerrieri all'interno dell'impero azteco lo usavano come simbolo", ringhiò la mia enciclopedia ambulante. Non sembrava contento. "E sì, prima che tu lo chieda. Praticavano sacrifici umani."

Mi alzai e feci un passo indietro mentre uno specialista della Scientifica entrava in scena e cominciava a fare una serie di scatti del corpo con la sua grande macchina fotografica digitale. Mi girai verso sinistra e vidi Flattery e O'Connor, i due agenti in uniforme che erano arrivati per primi sulla scena, camminare verso di noi.

"Il corpo è stato identificato?"

"La patente dice che si chiama Peter Silvers. Vive negli appartamenti Oak Tree in Simpson Road. Aveva quarantadue anni. Per il momento è tutto quello che sappiamo."

C'era solo un accenno di cadenza irlandese di terza generazione nella voce di Flattery. Tre generazioni di poliziotti irlandesi. Sì, lo so. Un ovvio cliché. Ma questa è la storia.

"Abbiamo mandato una pattuglia all'indirizzo per controllare", aggiunse O'Connor, puntando il fascio della sua torcia a terra, sul cadavere. "Santa Maria. C'è qualcuno a cui questo ragazzo non piaceva nemmeno un po'. Bel modo di andarsene, sergente. Proprio un bel modo di andarsene."

Frank ed io annuimmo. Siamo entrambi sergenti. Detective della Omicidi. Noi quattro – io e Frank più gli agenti, Flattery e O'Connor – abbiamo lavorato a più casi di omicidio di quanti ne vogliamo ricordare. Eravamo tutti amici di vecchia data. Una famiglia.

"Il terreno è pulito, ragazzi. Abbiamo setacciato tutto due volte. La nostra vittima e il suo assassino sono entrati dal cancello laggiù e l'omicidio è avvenuto proprio qui", disse ancora Flattery, il raggio della sua torcia si muoveva come una spada laser Jedi. "Non ci sono impronte di nessun tipo. Niente orme. Niente tracce di pneumatici. Nessun segno di lotta. Solo un sacco di sangue della vittima e quel dannato coltello."

Annuii e rivolsi il raggio della mia torcia verso i piedi del mio compagno. Stava di fronte al corpo e guardava lo schermo luminoso del suo smartphone. Mentre lo guardavo, vidi un sopracciglio alzarsi sulla sua fronte.

"Ehi, Turn. Guarda qui."

Allungò il braccio oltre il corpo e mi porse il suo telefono. Lo presi e gli diedi un'occhiata. C'era un articolo. Una storia da prima pagina su una recente scoperta in Sud America.

*Il dottor Peter Silvers, capo del Dipartimento Archeologico dell'Università di Anderson, è recentemente tornato da uno scavo in Guatemala dopo che lui e la sua squadra hanno trascorso sei mesi estenuanti in una giungla sudamericana. Lui e la sua squadra di studenti di archeologia hanno scoperto una nuova città azteca nelle profondità della giungla del Guatemala. Questa notizia è una rivoluzione per il mondo archeologico, poiché l'impero azteco era incentrato sugli altipiani del Messico centrale e*

*occidentale. La scoperta di una città azteca nelle
profondità della giungla del Guatemala promette di
avviare un intenso dibattito nel mondo archeologico
sulla dimensione e l'importanza dell'impero azteco, con
il dottor Silvers al centro della questione.*

"Dove vuoi andare prima? Al suo appartamento o all'università?" chiese il ragazzone.

Sorrisi e gli lanciai uno sguardo interrogativo.

"Perché devo decidere io? Abbiamo lo stesso grado. Siamo in polizia dallo stesso numero di anni. Potresti essere l'investigatore principale in questo caso e io potrei essere la spalla, per una volta."

"No", la risposta cadde nel buio. "Fare da spalla è un ruolo importante nella nostra dinamica sociale che richiede una certa delicatezza. Un talento che, temo, ti manchi del tutto."

"Stai dicendo che non posso essere... uh... sottile come te?" Chiesi, sorridendo.

Una volta ho visto Frank dare un pugno a un muro di cemento. Letteralmente. Un pugno. Fece un buco largo mezzo metro. Un'altra volta l'ho visto avvicinarsi a pochi centimetri dal viso di un signore della droga. Naso a naso. Non disse una parola al tizio, eravamo nella stanza degli interrogatori. Neanche una parola. Il tizio si pisciò addosso. Gli scese lungo la gamba destra e fece una grande pozza gialla sul pavimento, sotto la sua sedia.

Sì, è quel tipo di persona. Sottile.

Sottile come un dannato carro armato da combattimento nel mezzo di un Tupperware party. Quel tipo di delicatezza.

"Sto dicendo che il tuo talento è quello dell'eroe tradizionale. Con una faccia da star del cinema come quella, le telecamere dei notiziari e le donne vanno in estasi per te. Con un aspetto del genere, tutte le domande arrivano prima a te.

Oppure, se il caso va a rotoli e finisce nel cesso, tutta la merda arriva prima in faccia a te. L'ultima parte è la mia preferita, amico. La adoro."

Ok, somiglio a un uomo morto. Un attore del cinema degli anni Trenta abbastanza conosciuto. Capelli neri ricci, baffi neri, un sorriso sulle labbra che non va mai via. Fossette sulle guance. E tutto il resto. Sì, sì, sì. Ogni volta che siamo costretti a stare di fronte a un gruppo di giornalisti, le domande arrivano prima a me. Sì. Quando un'indagine va a rotoli, come dice Frank, sono io che cerco di tirarci fuori dai guai.

Sospirando, sorrisi e scossi la testa, non dissi nulla, ma gli feci un cenno con la mano e mi avviai nell'oscurità verso la macchina. A metà strada, mentre attraversavo il cimitero, il mio cellulare squillò.

"Sergente, sono Malone. Siamo nell'appartamento della vittima. Voi due fareste meglio a venire qui, il più presto possibile. C'è qualcosa che dovete vedere con i vostri occhi."

Montammo sulla Shelby e attraversammo una città semi-deserta. La notte era ancora estremamente calda. Niente. Non un alito di vento. Tutto fermo. I fulmini riempivano l'orizzonte. La tempesta era in arrivo. Stava per piovere a dirotto.

Un maledetto diluvio biblico.

Speravo solo che fossimo da qualche parte, al riparo, al suo arrivo. Essere sommersi di punto in bianco non mi attraeva per niente.

L'agente Stan Malone e il suo collega Eddie Driskel ci aspettavano sulla porta dell'appartamento del morto. Entrambi pallidi, quel tanto che basta per essere considerati ancora vivi. Erano giovani poliziotti di pattuglia senza una grande esperienza, quindi capivo perché avessero quell'aspetto.

Il cane da compagnia della vittima era morto. Morto e inchiodato al pavimento nel mezzo del soggiorno, in una specie di uccisione rituale. Accanto al corpo insanguinato c'era un coltello di pietra, una replica esatta di quello trovato nel cimitero accanto al corpo del dottor Silvers. Il sangue del cane era spalmato sul muro, componeva un messaggio in una strana lingua pittografica che riconobbi vagamente.

"Come si poteva sospettare", disse sarcasticamente il mio socio saccente, "lingua azteca. In realtà, una variante dell'azteco tradizionale. Forse l'antico Nahual. O un derivato maya."

Guardai Frank incredulo. Certo, sapevo che il ragazzo fosse intelligente. Sapevo che aveva una memoria fotografica. Sapevo che nei circa quindici anni in cui avevamo lavorato insieme non l'avevo mai messo in difficoltà, con nessuna delle mie domande esoteriche – solo Dio sa. Ma questo era troppo.

"Come diavolo fai a sapere la differenza tra la scrittura azteca e quella maya, brutto scemo. E non dirmi che l'hai letto in un libro, o giuro su Dio che ti colpisco con quella lampada lì!"

Frank si mise accanto a me, con gli angoli delle labbra che si contraevano, e scosse le spalle guardandomi dritto negli occhi.

"L'ho letto in un libro", disse seccamente.

Mi avvicinai alla lampada, ma mi fermai quando qualcosa dietro di noi, alla nostra sinistra batté forte su una porta chiusa. Estraemmo le armi dalle fondine a spalla e ci avvicinammo con cautela alla porta. Feci un cenno a Frank e raggiunsi la maniglia della porta per aprirla senza offrire un bersaglio a nessuno dall'altra parte. Frank, con la pistola alzata davanti al viso, mi copriva mentre io mi spostavo con cautela da un lato e sbirciavo nella stanza.

Era sdraiata sul tappeto della camera da letto, i piedi legati con una corda, a pochi centimetri dalla porta. Le braccia erano tirate dietro di lei, legate anch'esse con una corda. Distesa sul pavimento, indossava solo un reggiseno e la biancheria intima. E sanguinava. Sanguinava copiosamente da una profonda ferita da coltello che iniziava appena sotto la gola e attraversava la parte superiore del petto fino a poco sopra lo sterno.

Nella camera da letto, sparsi sul pavimento, c'erano i suoi vestiti. Il letto rotondo sembrava sgualcito e pieno di macchie di sangue. In fondo alla stanza, delle porte francesi che davano sul balcone dell'appartamento erano spalancate. Il rettangolo nero della notte dall'altra parte della portafinestra lampeggiava spasmodicamente con lampi luminosi. Gettai un'occhiata a Frank, che annuì e mise nella fondina la sua arma mentre si chinava per prestare i primi soccorsi alla ferita sanguinante della donna. Annuii, mi girai e corsi verso le portefinestre aperte e fuori nella notte.

Non troppo lontano, il rombo della tempesta in arrivo riempiva l'aria calda della notte, mentre cominciavo a cercare il nostro fuggitivo. Qualcosa che si mosse come un lampo alla mia sinistra attirò la mia attenzione. Sollevando la mia arma mi girai e vidi qualcosa di impossibile. Semplicemente impossibile.

Una silhouette nera di una forma umana stava saltando da un balcone all'altro, scendendo un piano alla volta, saltando ogni volta nell'oscurità. Tre salti. Questo fu tutto. Al quarto salto nell'oscurità lo sentii grugnire mentre atterrava sul marciapiede che correva parallelo al condominio. Un passo di corsa alla sua destra e scomparve nell'oscurità. Semplicemente, si dissolse nel nulla.

Rimasi incredulo sul balcone per qualche secondo e poi, automaticamente, rimisi la Kimber calibro 45 nella fondina da spalla e tornai nella camera da letto ben illuminata. Passando davanti al letto rotondo, notai le lenzuola insanguinate. Erano intrise di sangue. Più sangue di quello che la donna aveva avuto il tempo di perdere. Più di quello che Peter Silvers avrebbe potuto far fuoriuscire. Accigliato, passai oltre il letto, mi inginocchiai di fronte a Frank e guardai la vittima sacrificale che avevamo appena salvato da una morte orribile.

"Si chiama Maria Gomez. È una delle studentesse di archeologia che il dottor Silvers aveva portato con sé in Guatemala."

"Ha detto qualcosa su chi le ha fatto questo?"

"Ha solo fatto un nome prima di svenire per l'emorragia. Ha detto 'Mictlan'."

"Mictlan", feci eco, accigliandomi. "La versione azteca dell'inferno, giusto?"

Frank annuì mentre si tirava su, accanto alla donna svenuta. In lontananza, sentimmo il lamento delle sirene che si avvicinavano, una era un'ambulanza. Guardammo Maria Gomez. Era una ragazza fortunata. Avevamo interrotto il suo aspirante assassino mentre stava per strapparle il cuore dal petto. Sarebbe rimasta una brutta cicatrice a ricordarle il terrore che doveva aver vissuto nel cercare di respingere il suo assalitore. Ma una cicatrice era meglio della morte. Una cicatrice era qualcosa con cui si poteva imparare a convivere. Ma la morte era, beh, permanente.

Aiutammo a caricare la donna sulla barella del medico e poi sull'ambulanza. Dopo di che continuammo le ricerche. Cercavamo il nesso per collegare l'omicidio e il tentato omicidio con la parola Mictlan. Non ci volle molto.

Il nome era Arturo Ochero Mitclan Gomez.

Il fratello di Maria Gomez. Il figlio di mezzo in una famiglia di otto persone. L'unico fratello che era stato classificato come pazzo omicida quando era un giovane adolescente, e internato in un manicomio appena fuori Città del Messico. Il motivo del suo ricovero era una storia a sé.

A quanto pare, il ragazzo aveva la passione di perdersi nella giungla per giorni e giorni. Una volta era scomparso per due settimane prima di riemergere. Quando tornò alla tenuta della famiglia era evidente che la sua personalità fosse cambiata, drammaticamente e pericolosamente. Sosteneva di essere un principe azteco, e gli dei pretendevano che la figlia più giovane della famiglia fosse sacrificata a loro con i riti sacrificali degli antichi. Maria Gomez era la più giovane della famiglia. Per due volte aveva cercato di farla a pezzi con dei vecchi coltelli di pietra che aveva trovato nella giungla. Erano riusciti a fermarlo entrambe le volte.

Dopo il secondo tentativo, la famiglia decise di mandarlo via. Avrebbe dovuto essere assegnato permanentemente ad un ospedale per pazzi criminali, ma la pessima situazione finanziaria del Messico costrinse l'ospedale a chiudere. Ma prima che la famiglia di Maria trovasse un altro posto sicuro per il fratello malato, Arturo Ochero Mitclan Gomez scomparve. Fuggì verso sud nelle giungla dell'America centrale e non se ne seppe più nulla.

Finché un equipe di archeologi americani si trovò a trascorrere sei mesi in una giungla guatemalteca a caccia di una città azteca perduta da tempo.

Abbiamo raccolto queste informazioni dopo aver chiamato i genitori di Maria in Messico. Ci hanno raccontato tutta la storia e ci hanno avvertito che il figlio non era un tipo da sottovalutare. Il ragazzo credeva veramente di essere un principe guerriero azteco, ed era molto bravo con quei coltelli di pietra che portava sempre con sé. I genitori ci informarono che due dei loro figli più grandi sarebbero arrivati in aereo il più presto possibile. Avrebbero riportato Maria in Messico non appena fosse stata in grado di essere trasportata a casa.

Alla fine della nostra conversazione, ci dissero di fare attenzione. Dato che avevamo interrotto la cerimonia di uccisione, agli occhi di Arturo, uno di noi, se non entrambi, doveva morire per espiare il peccato.

Cercammo Arturo. Era come un fantasma. Semplicemente svanito nella notte.

Quando finalmente decidemmo di lasciar perdere

accompagnai Frank a casa sua in periferia prima di andare in centro verso casa mia, il viaggio attraverso la città fu riempito da un cupo silenzio. Mentre guardavo Frank strisciare fuori dalla Shelby e camminare fino a casa sua, cominciò a piovere. Gocce di pioggia schizzavano sul parabrezza in una sorta di avvertimento educato, ma proprio quando la luce del portico anteriore della casa di Frank si accese e sua moglie aprì la porta per salutarlo, la pioggia venne giù a secchiate. Grossi secchi. Acqua ovunque. In pochi secondi pioveva così forte che riuscivo a malapena a vedere l'estremità del cofano della Shelby davanti a me, mentre mi allontanavo dal marciapiede.

Il viaggio di ritorno al magazzino di mattoni trasformato in condominio che possedevo in centro fu una combinazione di guida lenta e veloce, mi sentivo in uno yacht attraverso strade allagate. Fiumi d'acqua. Sì, era quel tipo di pioggia. Proprio quel tipo di pioggia.

Quando entrai nella campata di cemento secco al piano terra, che era stata una vecchia officina automobilistica, e parcheggiai in uno slot vuoto tra altre due auto d'epoca che possedevo, tutto quello a cui riuscivo a pensare era dormire un po'. Io e Frank avevamo lavorato quasi diciotto ore. Eravamo entrambi esausti. Una doccia calda e un letto vuoto mi sembravano la cosa migliore, mentre salivo le scale di legno, diretto verso l'appartamento situato sopra il garage al piano terra.

A metà delle scale non ero più stanco. Qualcosa mi aveva fatto cambiare idea.

Per farvi capire meglio, forse, dovrei dirvi che colleziono auto d'epoca americane per hobby. Le colleziono e le rimetto a nuovo io stesso. Possiedo un vecchio magazzino di mattoni vicino al fiume Brown, dove vivo. Il loft al piano superiore l'ho trasformato nel mio alloggio. Il piano terra, al piano inferiore, è dove tengo le auto e ci lavoro su. Mentre salivo le scale verso l'appartamento c'erano otto auto sul pavimento di cemento del garage sotto di me. Sette completamente restaurate. L'ottava parzialmente restaurata.

Un'eredità piuttosto consistente mi ha dato i mezzi per fare tutto questo. Sì, alcuni dicono che sono ricco. Credo di esserlo. Ma non è questo il punto. Sono sempre lo stesso poliziotto che ero *prima di* ereditare una barca di soldi.

Tutto questo è rilevante perché, quando ho comprato l'edificio, avevo pensato di mettere un ascensore e rimuovere del tutto le scale. Poi decisi che mi piacevano le vecchie scale e lasciai perdere l'ascensore. Furono le scale a salvarmi la vita, quella notte. Le scale e la pioggia.

Quando entrai nell'appartamento, attraversai la buia sala da pranzo dirigendomi verso la cucina, accesi le luci e mi sfilai la cravatta. Mi scrollai di dosso la giacca sportiva, la gettai sullo sgabello in cucina, poi mi sfilai la fondina da spalla che conteneva la pesante Kimber 45 e la lasciai cadere sul tavolo. Mentre sbottonavo il primo bottone della camicia mi girai, aprii il grande frigorifero, tirai fuori una bottiglia a collo lungo di birra tedesca che mi piaceva ed uscii dalla cucina.

Lasciai la luce accesa, attraversai la sala da pranzo e entrai nella penombra del soggiorno, con la bottiglia di birra in mano, mi buttai sulla mia poltrona preferita. Fuori la tempesta infuriava. La pioggia cadeva a catinelle, sospinta da una brezza vivace. La pioggia battente continuava a picchiare minacciosamente contro le grandi finestre dell'appartamento. I lampi illuminavano le grandi finestre, accecanti lampi di energia grezza.

Bevvi un sorso di birra e mi rilassai sulla poltrona con noncuranza, fissando il vuoto di fronte a me. Davanti a me c'era un monitor LCD da 50 pollici. Il televisore non era acceso. Ma, con la luce della cucina accesa dietro di me, il grande schermo nero di fronte a me agiva come uno specchio. Uno specchio che mi permetteva di vedere qualsiasi cosa nell'appartamento dietro di me. Fu allora che lo vidi. Si illuminò vistosamente per un momento quando uno spasmo di luce riempì una finestra laterale dell'appartamento, lanciando un fascio di luce rettangolare attraverso la stanza.

Era lì. Arturo.

Stava in piedi con la schiena contro il muro che divideva il soggiorno dalla sala da pranzo. Era vestito normalmente. Ma aveva la faccia dipinta. Grandi macchie nere e verdi creavano un volto da incubo. E i suoi occhi, occhi spalancati, bianchi, che non battevano mai le palpebre, fissavano la mia nuca. Nella mano destra aveva uno di quei coltelli di giada insanguinati. Insanguinato: lo stesso che aveva usato nel tentativo di strappare il cuore di sua sorella.

Sapevo che lo avrei trovato lì. Lo sapevo dal momento in cui avevo salito le scale dal garage. Il pazzo poteva credersi un essere soprannaturale, un vecchio principe guerriero azteco, ma correre sotto la pioggia per la maggior parte della notte lo aveva inzuppato fino al midollo. Completamente. Aveva lasciato impronte bagnate sulle scale di legno. Erano quasi asciutte al mio ritorno. Ma si vedevano quel tanto che basta da lasciare una debole sagoma nel legno vecchio. Abbastanza per avvertirmi.

Seduto sulla sedia, dandogli le spalle, bevvi un altro sorso di birra e poi, tenendo il collo della bottiglia tra due dita, abbandonai il braccio sul bracciolo della poltrona e sospirai. E poi sbadigliai. Un secondo o due dopo lasciai che la bottiglia vuota scivolasse lentamente fuori dalle mie dita e colpisse il pavimento di moquette accanto alla poltrona. Passarono un momento o due. E poi si mosse. Si scostò dal muro e cominciò a strisciare verso di me, alzò all'altezza della spalla la mano con il coltello preparandosi a colpirmi con rapidità e violenza sulla testa.

La sua mano libera girò intorno allo schienale della sedia, mi afferrò per il viso e mi tirò violentemente sulla testa. Allo stesso tempo la lama di ossidiana scese sibilando per spingersi in profondità nella mia gola. Ma ero pronto. La mano destra si alzò e bloccò la mano che impugnava il coltello. Alzai la sinistra, afferrando la mano che mi tirava la testa all'indietro e la tirai in avanti più forte che potevo. Mi girai e mi piegai in avanti anche dalla vita in su, creando di far leva per scaraventare Arturo oltre la mia testa a schiantarsi sul pavimento.

Ma lui era veloce. Molto veloce. Volando dalla mia poltrona lo trovai in piedi, piegato in una posizione da gatto, la mano col coltello davanti a sé, pronta. Mi provò a colpire ferocemente. Un affondo controllato che mi costrinse a indietreggiare. Un sorriso crudele si manifestò sul suo volto dipinto. La sua follia gli diceva che aveva il controllo della situazione. Inizialmente sorpreso, sì; ma alla fine sapeva che mi avrebbe ucciso. Lo vedevo chiaramente scritto sulla sua faccia. Lo vedevo nei suoi occhi. Si stava godendo la lotta. Si divertiva ad affrontare qualcuno che gli resisteva.

Non so.

Forse fu quello. Forse fu il sorriso.

Forse la follia nei suoi occhi. O forse era la fiducia in sé stesso, alimentata dalla follia che gli diceva che alla fine avrebbe vinto. Chissà. Ma qualunque cosa fosse, mi fece improvvisamente montare la rabbia. Questo povero pazzo andava in giro a uccidere persone come se non fossero altro che i suoi trofei personali. E io dovevo essere il suo prossimo trofeo. Mi ritrovai a desiderare di fargli del male. Fargli molto male. Abbastanza da rompergli qualche osso. Forse anche abbastanza da usare il suo stesso coltello contro di lui. Volevo dargli un ricordo permanente, da portare in giro per il resto della sua vita in qualche manicomio in cui mi sarei assicurato che entrasse con una fottuta camicia di forza.

La lama del coltello venne dritta verso di me, bassa e veloce. Io fui più veloce. Una mano scattò in avanti e afferrò il polso della mano che impugnava il coltello. La sollevai in alto e sopra la mia testa, ruotandola di novanta gradi. Arturo urlò di dolore per il dolore al braccio e si contorse mentre gridava. Il mio piede destro diede un calcio all'indietro e colpì la gamba sinistra del pazzo appena sopra l'articolazione del ginocchio. Si piegò a metà come la lama di un coltello da tasca. Urlando, sprofondò sull'unico ginocchio buono, ululando di dolore. Ma non per molto. Tenendomi forte, calciai con un piede verso l'alto colpendo il pazzo esattamente nella parte posteriore della testa. La testa rimbalzò in avanti sul petto e poi di nuovo su come se fosse una pallina di gomma, appena prima che cadesse a faccia in giù sul pavimento, privo di sensi.

Mi girai, mi avvicinai alla sagoma priva di sensi, calciai quell'orribile coltello di pietra dall'altra parte della stanza e prima di raggiungere la sua mano sinistra, gli afferrai la destra e gli schiaffai l'acciaio freddo delle manette attorno al polso. Mi assicurai che fossero ben strette. Feci un passo indietro, indietreggiai fino a dove si trovava la televisione. Si trovava in un armadio di legno che aveva sia scaffali che cassetti. Aprii un cassetto e trovai quello che stavo cercando. Fascette di plastica. Tornato verso Arturo ne usai due per legargli le caviglie.

Mi stavo assicurando che questo tizio non potesse scappare di nuovo.

Andai in cucina per recuperare il mio cellulare. Nel percorso vidi chiaramente la lama di pietra dell'antico coltello sul pavimento accanto al tavolo da pranzo. La fissai per un momento e pensai di tenerla come souvenir. Ma era una cosa brutta. Brutta e cattiva. Andai in cucina, trovai il mio telefono e composi il numero del distretto.

Sei settimane dopo, ricevemmo un messaggio dalla famiglia Gomez. Maria era finalmente a casa e si stava riprendendo bene dal traumatico scontro con suo fratello. Arturo era in una cella imbottita, in isolamento, in un ospedale in Europa. Un ospedale noto per la sua gestione dei pazzi criminali. Un posto dove si entra e non si esce mai più, questa è la reputazione di quell'ospedale.

Si esce solo in una bara. Una bara con il proprio nome sopra.

I MORTI NON SI LAMENTANO

Il fetore era sufficiente a far venire voglia di vomitare a un drogato con il setto nasale bruciato. Un fetore così pungente, così denso, che sembrava di essere entrati in una pozzanghera con i vestiti appiccicati al corpo. Ecco cosa succede quando si trova un corpo morto da circa due settimane.

Tenendo un fazzoletto premuto contro il naso, cercammo di osservare il cadavere con uno sguardo critico e professionale. Essendo detective della omicidi, esaminare i cadaveri fa parte del gioco. Non importa quanto puzzino o quanto siano decomposti. Ma quando un corpo è morto da due settimane, steso in un letto in una stanza d'appartamento con le finestre chiuse e senza ventilazione, anche due vecchi mastini come me e Frank pensano di cambiare lavoro per qualcosa di più banale come la polizia dei parchi o l'amministrazione.

Da quello che si poteva dire, l'uomo era stato pugnalato due volte al cuore da una lama larga e lunga. Un tempo, il morto doveva essere sulla quarantina, calvo, con un corpo da atleta. L'appartamento di due stanze in cui l'avevamo trovato era sulla Quarta Strada. Un brutto quartiere, pieno di drogati, prostitute e altra fauna e flora assortita di scarti della società. Era un appartamento di due stanze con mobili rotti, un piccolo condizionatore dall'aspetto malconcio nella camera da letto, e un grande letto di ferro battuto abbastanza grande da farci dormire forse tre persone.

Qualcuno aveva frugato a fondo in quella discarica. I vestiti dell'uomo erano sparsi ovunque e ridotti a brandelli. La grande cassettiera a quattro cassetti rotta era stata completamente smontata. Le sedie distrutte e i cuscini fatti a pezzi.

Qualcuno lì cercava proprio di trovare qualcosa. Ovviamente, qualcosa di abbastanza importante da giustificare un omicidio. Rimanemmo nelle retrovie a guardare la squadra della scientifica che iniziava la sua metodica analisi della scena. Ma dando un'occhiata al mio collega aspirante Neanderthal senza collo e dai capelli rossi, feci un cenno verso la porta e in silenzio ci dirigemmo verso l'uscita.

Frank Morales è un orsacchiotto adorabile. Se considerate adorabile un gorilla di un metro e ottanta, di centotrenta chili, con i capelli rossi e il mento costruito con un'armatura. In realtà lo è davvero. È sposato con una ex-modella italiana, ha una sfilza di figli e vive nella tradizionale periferia. Ma è anche un poliziotto. Un poliziotto dannatamente bravo. Ed è il mio partner.

"Butterò via questi vestiti. Non riuscirei mai a lavare via la puzza. La mamma non sarà contenta."

Annuii e sorrisi. Claudia, sua moglie, sarebbe andata su tutte le furie al pensiero di buttare via una giacca sportiva e dei pantaloni in perfette condizioni, comprati da Walmart, che avevano solo due anni di vita. Claudia era una bellezza mozzafiato. Ma era anche una spilorcia.

"Allora dovresti lavorare in mutande e mocassini", scherzai, sorridendo. "Forse lanceresti una nuova moda."

"Zitto, bello mio, e andiamo a parlare con l'amministratore

del condominio", grugnì Frank, un tic agli angoli delle labbra – l'unico tipo di movimento che aveva nelle espressioni facciali quando si trattava di ridere. "E prestami venticinque dollari, così mi compro dei vestiti decenti."

Il sorriso sulle mie labbra si allargò.

Frank ha sempre dato l'idea di essere un ragazzo povero; sosteneva che lui e Claudia compravano solo vestiti da Walmart o da Goodwill. Io lo sapevo bene. Ma il mio amico dai capelli rossi e la sua splendida moglie, dovevo ammettere che erano le due anime più tirchie che avessi mai incontrato. Facevano sembrare Ebenezer Scrouge un dilettante.

La battuta "bello mio", era una vecchia battuta tra noi due. Sfortunatamente ho due punti deboli. Sono ricco e ho la faccia di una vecchia star del cinema degli anni Trenta. Non farò nessun nome, ma i capelli neri indisciplinati, i folti baffi e le fossette sono sufficienti a colpire chiunque conosca il mondo del cinema.

Il denaro era un'eredità. arrivata improvvisamente e inaspettatamente da un nonno che, fino a tre anni prima, non avevo mai conosciuto. Prima di allora io – come ogni altro poliziotto che conoscevo – vivevo di stipendio in stipendio e mi sentivo fortunato ad avere una banconota da dieci dollari nel portafoglio a fine mese. Ma lascia che te lo dica, fratello, essere improvvisamente ricco e con una faccia come la mia non è qualcosa che auguro. Si potrebbe pensare che la ricchezza improvvisa mi abbia fatto desiderare di lasciare il lavoro di poliziotto e vivere su una spiaggia tropicale soleggiata da qualche parte alle Bahamas, circondato da belle donne. Mi dispiace. Non io. Si dà il caso che mi piaccia fare il poliziotto.

Ascolta bene. Se sei un poliziotto e all'improvviso ti ritrovi con un mucchio di soldi inaspettati, provenienti da un membro di una famiglia segreta che non ama le luci della ribalta, è un problema. I poliziotti, come tali, sono naturalmente sospettosi e cinici. Fa parte del gioco. Così i vecchi amici del dipartimento mi guardano con diffidenza. Non me lo dicono in faccia, ma molti di loro pensano che io sia corrotto. Corrotto.

E sì, per rispondere alla domanda, non mi va proprio giù.

Ma questa è la mia croce. Niente di che.

L'amministratore dell'appartamento era alto circa un metro e ottanta e pesava quasi quanto una Chevy Suburban. Aprì la porta in pantaloni, masticando un sigaro spento come se fosse una pagnotta, indossava solo una maglietta che faceva poco per nascondere la fitta foresta di selvaggi peli neri che gli ricopriva il petto e le braccia.

"Allora, lo ripulite quel casino lassù?", ringhiò alla vista dei nostri distintivi. "Quel figlio di puttana sta appestando tutto il maledetto edificio. Qualcuno deve eliminare quel fetore prima che il fetore elimini noi."

"Rimuoveremo il corpo" dissi, accigliandomi, spingendomi oltre lui ed entrando senza invito nel suo tugurio. "Ma disinfettare quella topaia è un problema tuo. Vogliamo sapere chi era questo tizio. Per quanto tempo ha vissuto qui? Quando l'hai visto vivo l'ultima volta?"

La dimora di quel grassone sembrava un cassonetto. C'erano pile di giornali alte trenta centimetri accanto a una sedia reclinabile dall'aspetto logoro. Lattine di birra e posacenere pieni sparsi ovunque. Un'occhiata alla cucina mi disse che il tanghero doveva avere la fobia di lavare i piatti.

Mi voltai a guardare il grassone. Stava masticando il suo sigaro e le sue guance stavano diventando di una specie di rosso porpora. Non gli piaceva che lo spingessi indietro e che entrassi nel suo alveare. Roba da matti. Non mi piaceva.

"Senti, prima che tu dica qualcosa di stupido, dacci quello che vogliamo e ce ne andiamo. Altrimenti ti trasciniamo in centrale, e lascerò che il mio socio faccia le sue presentazioni."

Frank ha un trucco interessante da tirare fuori dal cappello.

Può prendere una lattina piena di birra con quella zampona che si ritrova al posto della mano e spremerla abbastanza forte da far saltare la linguetta. La birra vola fuori dalla lattina con tale forza che di solito spruzza gocce di pioggia dorata sul soffitto. Sul pavimento, accanto alla poltrona reclinabile, c'era una confezione da sei di Budweiser. Senza dire una parola, Frank si chinò, recuperò una lattina e diede spettacolo. Fu sufficiente a far riconsiderare allo zoticone la sua faccia indignata.

"Si chiamava John Simmons", ringhiò, togliendosi il sigaro dalla bocca e guardando con rabbia Frank. "E quella cazzo di confezione da sei l'avevo appena comprata, scimmione! Guarda che diavolo di casino che hai fatto!"

Tirai fuori dai miei pantaloni un ferma soldi, presi due pezzi da venti e li gettai sul sedile della poltrona reclinabile.

"Questo coprirà i danni, amico. Ora, la prossima domanda. Da quanto tempo John Simmons viveva qui?"

"Non viveva qui. Veniva regolarmente con una o due ragazze a passare i fine settimana. Forse anche un paio di volte durante la settimana. Ma non viveva qui."

"Da quanto tempo andava avanti?" Chiesi.

"Un paio d'anni. Forse un po' di più. Paga l'affitto in contanti, puntuale come un orologio. Non parla mai con me o con chiunque altro nel palazzo. Porta solo le sue donne qui e se le scopa di brutto. Ricevo continuamente lamentele per il rumore che fanno quando porta compagnia. Ma io non dico niente. È l'unica persona qui dentro che paga l'affitto in tempo. Non me ne può fregare di meno di quello che fa con le sue amiche, basta che mi paghi."

"Quando l'hai visto vivo l'ultima volta?" Frank grugnì, gettando la lattina di birra vuota sulla sedia preferita dell'uomo.

"Gesù", grugnì lo zoticone, sinceramente sorpreso, mentre si infilava il mozzicone del sigaro tra le labbra spesse. "Non sapevo che le scimmie potessero parlare. Ma per rispondere alla tua domanda, l'ho visto entrare con un'oca bionda un paio di settimane fa. La donna era uno schianto. Davvero di classe. Non come le donne che portava di solito con sé. Era una con i soldi. Un sacco di soldi."

"Ti hanno detto qualcosa?"

"L'ho visto dalla mia finestra. Sono arrivati a piedi. Il tizio ha una macchina di lusso e la mette in un parcheggio a un isolato di distanza. Una di quelle macchine straniere che costano un sacco di soldi. Rossa, con una specie di nome italiano che ho già sentito."

"Il nome dell'edificio del parcheggio?" Chiese Frank.

"Claussen, credo", disse l'uomo con il sigaro, aggrottando la fronte e sollevando una mano per grattarsi un braccio. "Sulla terza. A metà dell'isolato."

Ringraziammo l'uomo per la sua cortese disponibilità ad aiutare un'indagine in corso e lo lasciammo in piedi nel corridoio, mentre si grattava distrattamente un'ascella . Uscimmo dall'edificio e ci dirigemmo verso il parcheggio. Una breve passeggiata fino alla terza e trovammo l'edificio, sventolammo i badge in faccia al giovane di turno e gli dicemmo cosa stavamo cercando. Un grande sorriso balenò sul volto del ragazzo.

"La Lamborghini Contouch. Porca puttana! Che splendido set di ruote! Mi viene il torcicollo solo a guardarla. Sì, è qui. Su al secondo piano. Ancora tutta intera. Il proprietario ha pagato abbastanza tutti noi che lavoriamo qui per assicurarsi che nessuno la tocchi. Un bel po' di soldi. Ecco, vi porto lassù e vi faccio vedere."

Il ragazzo era più che felice di avere una scusa per andare su a guardare la macchina. Non posso biasimarlo. Una Lamborghini Contouch rosso brillante è una moderna scultura italiana. Una specie di Star Wars su ruote. E trasuda soldi. Vale circa duecentomila dollari.

"Hai le chiavi?" chiesi, tendendo una mano.

"Proprio qui", sorrise il ragazzo, lasciando cadere le chiavi nelle mie mani. Notai attaccata al portachiavi anche una chiave di casa.

Aprii la porta dal lato guidatore e guardai attentamente intorno. La scientifica sarebbe venuta a dare un'occhiata approfondita, quindi non volevo lasciare impronte in giro. Trovai il tagliando dell'assicurazione infilato in un parasole e usai un paio di pinzette per tirarlo fuori e guardarlo.

"Colby Winslow", dissi, accigliandomi. "L'ho già sentito... Colby Winslow".

"Dovrebbe sembrarti familiare, zoticone", grugnì Frank, scuotendo tristemente la testa. "È un grande investitore in azioni e obbligazioni. Ti gestisce una barca di soldi. Ha un ufficio su Jones Street."

Sorridendo, guardai il ragazzo che mi fissava con gli occhi spalancati e una faccia sorpresa, scrollai le spalle. Lo ammetto, ad essere onesto, a volte mi dimentico di avere soldi. Molti soldi. Non li gestisco da solo. Quando è arrivata l'eredità ho fatto qualche ricerca, ho trovato quattro o cinque esperti in pianificazione finanziaria, ho diviso l'eredità in cinque importi uguali e ho lasciato che se ne occupassero loro. Colby Winslow era uno dei cinque.

"Immagino che dovrai trovare un altro guru del denaro, bello mio."

Sorridendo, guardai il pezzo di acciaio italiano e annuii.

"Da quanto tempo lavori qui?"

"Quasi due settimane, cavolo", disse il ragazzo, i denti bianchi che brillavano nella luce crepuscolare dell'edificio nel parcheggio poco illuminato. "Abbastanza da garantire che ritroverà le quattro ruote al suo ritorno. Ho già dovuto cacciare un paio di fratelli che ne volevano qualche pezzo.”

“Ricordi l'ultima volta che l'hai visto?”

“Certo, l'ultima volta è arrivato con quella donna. *Accidenti!* Quando si dice uno schianto”, sospirò il ragazzo, con le mani sui fianchi, scuotendo la testa in estatica ammirazione. “Sembrava uscita da un film, signori. Bella, bella. Bella, bella. Bella!”

“Descrivimela”, disse Frank, guardando il ragazzo, quasi sorridendo.

“Oh, merda, gambe lunghe un miglio. Indossava un tubino blu che metteva in mostra tutte le curve. E amico, che curve. I capelli biondi le cadevano fino alla vita. Poteva avere una trentina d'anni. L'unica cosa che non mi quadrava era questa grande busta, come quelle per il pane, che teneva stretta sotto un braccio. Sembrava una busta piena di soldi. Ma cavolo, una donna con quelle gambe, potrebbe indossare un pollo sulla testa, e non me ne fregherebbe un cazzo!”

Il ragazzo fischiò di nuovo dolcemente tra i denti e un sorriso si dipinse sul suo giovane e bel viso. Avrà avuto al massimo vent'anni. Era semplicemente un giovane ragazzo nero che andava al college. Avevo visto la pila di libri di testo sulla scrivania nel gabbiotto del parcheggio, quando ci eravamo avvicinati prima.

“Viene spesso qui con quella macchina?” Chiesi.

“Come le api con il miele, nei fine settimana, signore. Ogni volta con un pezzo di figa diverso. Ogni volta.”

Il ragazzo chiese quando il tizio sarebbe venuto a ritirare la sua macchina. Gli dicemmo che non sarebbe accaduto presto. Lo lasciammo accanto alla macchina, a fissarci, dopo avergli detto che un'auto di pattuglia sarebbe arrivata presto per isolare il parcheggio e l'auto. Nessuno doveva toccarla fino ad allora.

Mentre tornavamo verso la topaia, notai che era passata la

mezzanotte da un po'. Era ora di andare a casa e riposare. Così montammo su una delle mie bambine, una SS 396 Camaro verde scuro con strisce bianche, accesi il motore e partimmo nella notte.

Ricorda. Poliziotto ricco. Colleziona giocattoli. In questo caso auto d'epoca americane. Sì, lo so. Alcuni collezionano tappi di bottiglia o filo spinato. Io colleziono auto. Pensa un pò.

Il giorno dopo, stavamo passando al setaccio la scrivania nell'ufficio di Colby Winslow. All'esterno, due belle signore, le sue segretarie, stavano piangendo a dirotto per la notizia della morte del loro capo. Tra le due c'era un uomo anziano vestito come un classico banchiere. Passava fazzoletti prima a una ragazza e poi all'altra, a seconda delle necessità. Il suo nome era Konrad Bonner e lavorava per Winslow come esperto di acquisizione di azioni e obbligazioni. L'uomo, sulla sessantina, era stato il primo dipendente di Winslow. Conosceva tutti i clienti della ditta. Mi conosceva per nome.

"Non preoccuparti dei tuoi investimenti, Turner. Sono ben protetti e stanno andando abbastanza bene sul mercato."

"Uh huh", annuii, accigliandomi mentre ci pensavo. "Chi gestirà questo posto ora che è morto?"

"Beh... per il momento, lo farò io, finché non troveremo un compratore per l'azienda, suppongo."

"Un compratore?"

"Turner, questo posto è una maledetta vacca da mungere", mi rimproverò Frank, guardandomi e scuotendo la testa. "Investono soldi – i tuoi soldi, bel faccino – e rastrellano una percentuale da ogni conto. Gesù, dai un'occhiata alla lista di clienti. Forse trecento, e nessuno di loro vale meno di un milione. Se rastrella il tre per cento sul portafoglio di ogni cliente..."

"Ahhh", ringhiò l'uomo più anziano, sollevando

educatamente una mano e schiarendosi la gola, "La percentuale sarebbe quattro e mezzo, detective Morales."

"Porca miseria", grugnì il mio compagno, fissando l'uomo con ammirazione. "Potrebbero essere milioni, Turner. Milioni di puro profitto."

"Quanto costerebbe a qualcuno rilevare l'attività?" Chiesi mentre osservavo l'ufficio.

L'ex banchiere nel suo abito marrone classico e gli occhiali con la montatura a filo riflettè sulla domanda per qualche secondo e poi sparò un numero. I miei occhi si strinsero quando mi girai e fissai il genio della finanza. Un pensiero mi attraversò la mente. Un'idea...

"Guarda qui, Turn", disse Frank alle mie spalle. Girandomi, lo vidi posare un grosso dito su un nome scritto frettolosamente in un piccolo libro di documenti. "Kathryn Valenski. Ore 18.00. Europa. Datato esattamente due settimane fa."

Europa era un ristorante molto elegante nella parte nord della città. Un posto dove serviva una prenotazione e una cravatta nera per entrare. Un posto dove il cibo era eccellente ma grande come un francobollo, e mangiare lì costava di solito un paio di centoni. Facile facile.

"Chi è Kathryn Valenski?" Chiesi, riportando la mia attenzione su Bonner. "Un'altra cliente?"

"Una tra i più grandi", annuì l'uomo dai capelli bianchi e occhiali, sorridendo. "Forse dovrei chiarire e dire che suo padre è uno dei nostri maggiori investitori. Però, anche il suo portafoglio è piuttosto consistente."

"Descrivila."

"Lunghi capelli biondi. Abbastanza alta. Sulla trentina. Abbastanza amichevole."

"Direbbe che è una bella donna?" Chiesi.

"Oh... Cielo!"

Sì, il modo in cui lo disse. Il tono. Sì. Doveva essere bellissima. Sorridendo, annuii e chiesi a Bonner di trovarmi il suo indirizzo. Mentre lasciavamo l'ufficio gli passai uno dei miei biglietti da visita e gli dissi di chiamarmi in settimana.

Kathryn Valenski viveva in un appartamento di lusso, all'ultimo piano, in uno dei palazzi di suo padre lungo il fiume Little Brown. Un portiere vestito come un generale italiano ci aprì le porte a vetri. Entrammo in una sorta di scrigno di ricchezza. Mentre salivamo in silenzio con l'ascensore fino al diciannovesimo piano l'edificio era silenzioso come una camera ardente in un mercoledì pomeriggio. Lei ci venne incontro quando le porte si aprirono e noi uscimmo.

"Li avete trovati?"

"Trovare cosa, signora Valenski?" Chiesi, uscendo per primo dall'ascensore.

Diciamo che Kathryn Valenski era all'altezza della sua fama. Bellissima. Mi correggo. Semplicemente bella non si avvicina, come descrizione. Una bellezza che succhia l'aria dai polmoni sarebbe una descrizione migliore.

"La cartellina. Le obbligazioni! Le avete trovate?"

Io e Frank la guardammo attentamente. Chiaramente c'era una genuina preoccupazione in quei suoi occhi marrone scuro. Uno sguardo di vero terrore che la faceva sembrare ancora più bella, da togliere il fiato.

"Cominciamo dall'inizio, signorina Valenski. Sono il sergente Turner Hahn e questo è il mio collega, il sergente Frank Morales. Siamo qui per indagare sull'omicidio di Colby Winslow. Abbiamo qualche..."

"Sì, sì, lo so, maledizione! È morto. Ma non me ne importa niente. Quello che mi preoccupa è il milione in obbligazioni non firmate! Se papà scoprisse che mancano, sarei costretta a ripagarlo."

"Le obbligazioni di suo padre?"

"Sì. Parte della mia eredità", disse lei, agitando una mano con impazienza prima di toccarsi le labbra, con gli occhi pieni di lacrime. "Papà mi aveva detto di portarle personalmente giù nell'ufficio di Winslow e di assicurarmi che fossero depositate secondo le sue istruzioni. L'ho fatto e Colby ha cominciato a... beh... "

"Ci ha provato", dissi senza mezzi termini.

"Sì, come solo lui sapeva fare. Era davvero un tesoro, sergente. Gentile. Generoso. Bello in modo un po' goffo. Sapeva come far sentire desiderata una donna."

"Così, l'ha invita a passare un fine settimana con lui in uno squallido buco giù sulla Quarta Strada?" Dissi, suonando volutamente sospettoso, mentre i miei occhi cercavano indizi suo viso. "Scommetto che suo padre ha un Learjet. Perché non un fine settimana a Las Vegas, invece?."

"Las Vegas è così passé", rispose lei, con voce piena di disappunto. "Ci sono stata mille volte."

"Ma una baracca fatiscente sulla quarta strada era una cosa nuova per lei", grugnì Frank con sarcasmo.

Esitò, annuì, mordendosi un'unghia perfettamente curata con gli occhi che lacrimavano di nuovo.

"Oh, lo so che sembro orribile! Più preoccupata per i soldi di papà che per il povero Colby ucciso da quella ... quella ... donna! Ma mi ha convinto ad andare con lui in quella parte della città e a camminare ai margini dell'oscurità. Per assaporare il brivido del pericolo e del crimine. Io... Io... . Dio mi aiuti! Mi aveva ammaliato con le parole. Ho accettato. Abbiamo lasciato immediatamente il suo ufficio e abbiamo preso la sua auto. Siamo partiti così in fretta che ci siamo dimenticati di depositare le obbligazioni nella sua cassaforte. Lui rideva, diceva che portare in giro un patrimonio così grande come se fosse un sacchetto della spesa avrebbe reso l'esperienza più eccitante!

"Cosa è successo dopo?"

"Volete da bere?" Chiese, guardandoci intensamente in faccia prima di girarsi ed addentrarsi nel suo appartamento, parlava rivolgendoci le spalle. "Ho bisogno di un drink. Qualcosa di forte. Scotch magari. O Jim Beam."

Bevve un drink bello forte. Un bicchiere grande. Due cubetti di ghiaccio. Mezzo pieno. Lo bevve come un marinaio appena tornato da sei mesi di navigazione. Era bella. Ricca. Annoiata. E ben curata. Guai quadruplicati. Guardai e non dissi nulla finché non vuotò il sacco.

"Stava dicendo?"

"Ah, la donna. Beh, fatemi pensare", sospirò, allungando una mano per tirare una ciocca di capelli che le era scivolata davanti alla spalla. "Siamo arrivati tardi. Forse verso le otto o le nove di quella sera. Ce la siamo spassata un po', poi mi sono alzata e sono andata in bagno. Ero lì dentro solo da pochi istanti, ho sentito questo martellare insistente sulla porta dell'appartamento e una donna che urlava furiosamente! Mi sono rimessa i vestiti e ho aperto la porta del bagno giusto il tempo di vedere cosa stava succedendo. Mio Dio! Era davvero arrabbiata! Assolutamente furiosa e agitava questo grosso coltello come una pazza!

Si versò un altro bicchiere di alcol. Questa volta, riempì il bicchiere e mescolò il ghiaccio con un dito, mentre fissava il liquido scuro e riviveva la notte di due settimane prima.

"Cos'è successo, signora Valenski?"

"Eh? Oh. È entrata urlando e agitando quel coltello e chiedendo di sapere dove fosse la puttana con cui era quella notte. Voleva sapere dov'ero io, sergente. Io! Disse che ci avrebbe uccisi entrambi. Mi sono così spaventata che... Non mi vergogno ad ammetterlo. Sono quasi svenuta dal terrore."

"Winslow ha cercato di fermarla e lei l'ha accoltellato",

disse Frank alle mie spalle. Ma il tono della sua voce mi diceva che non se la stava bevendo. Niente di quella storia.

"No. Proprio il contrario, dannazione. Rideva. Colby rideva di lei. Lei si agitava intorno a lui con questo grosso coltello del cazzo, come una specie di strega, e lui si girava e rideva di lei come se fosse una specie di scherzo! Era lo spettacolo più assurdo... e più erotico che avessi mai visto!"

"Quindi, non l'ha ucciso", aggiunsi io, incitandola a continuare.

"No! Non allora. Non in quel momento. Con una mano ha scaraventato a terra il coltello. L'ha afferrata, l'ha abbracciata forte e ha iniziato a baciarla. Ed è stato a quel punto che me ne sono andata, detective. Lui l'ha allontanata dalla porta del bagno e mi ha fatto cenno di andarmene, e di farlo in fretta. Me ne sono andata. Più in fretta che ho potuto."

"Ha lasciato lì le obbligazioni", dissi.

"Oh, mio Dio, sì! Correvo per mettermi in salvo, dannazione. Correvo come una ragazzina spaventata."

"Ma poi è tornata", grugnì Frank dietro di me. "E l'ha trovato?"

Le lacrime scesero lungo i suoi zigomi alti, mentre giocava con le unghie sulle labbra e annuiva. Dio. Era brava. Una ricca, annoiata, bellissima e lussuriosa. Ma anche una grande attrice. Hollywood ha sbagliato a non lanciarla sul grande schermo. Era così brava.

"Sono tornata. Ho trovato Colby morto. Sangue dappertutto e quel coltello insanguinato sul pavimento accanto al letto. Ho preso il coltello e... Ho iniziato a cercare le obbligazioni come una pazza. Devo aver fatto a pezzi il posto per cercarle. Ma non c'erano più. Sparite."

"Ha toccato il coltello, lasciandoci sopra le sue impronte?" Chiesi.

Lei annuì, gli occhi pieni di lacrime e paura.

"Ma non hai ucciso Colby Winslow."

Lei annuì, il che significava che non aveva ucciso Colby Winslow.

"Questa donna che è entrata con il coltello, può descriverla?" Chiese Frank.

Alta. Magra. Piatta. Sulla trentina. Carina, un maschiaccio. Un'atleta. Capelli neri corvini. Ricordavo di averla vista diverse volte nel corso degli anni nell'ufficio di Colby. Era sicura che il maschiaccio fosse un altro investitore.

"Ok, la troveremo", dissi, annuendo e girandomi per andarmene. "Ma solo per farle sapere, signorina Valenski. In questo momento lei è al primo posto sulla nostra lista dei sospettati. Se fossi in lei chiamerei papà e gli chiederei di trovarle un buon avvocato. Una squadra di buoni avvocati."

Mentre scendevamo, nel silenzio dell'ascensore, mi voltai per metà e chiesi.

"Le crediamo?"

Un grugnito. O forse, più il verso di un ippopotamo che sbuffa.

"Forse. Vediamo se riusciamo a trovare la ragazza con il coltello."

Ci riuscimmo. Ci vollero alcune telefonate. Un po' di noiose ricerche. Il lavoro del poliziotto è così. Fai delle domande. Fai qualche telefonata. Fai chilometri avanti e indietro. Fai altre domande. Molte altre domande. Ripeti il processo.

Il suo nome era Gail. Gail Oppenheimer. Vedova di un uomo diventato ricco aprendo una serie di palestre di arti marziali in quattro stati. Lei insegnava ancora in una di queste. La sua specialità era la scherma. Acciaio freddo. Lame lunghe.

Gli occhi viola ci guardavano con mite rassegnazione. Ci vide entrare nel suo locale e capì subito chi fossimo. Io e Frank indossiamo entrambi pantaloni comodi, giacche sportive e scarpe comode. Occhiali da sole sul viso. O siamo delinquenti di classe che lavorano per qualche mafioso, o siamo poliziotti. Lei aveva capito.

"Siete qui per arrestarmi, vero detective?" Sussurrò, guardandomi seduta dietro un'ampia scrivania nel suo ufficio.

"Forse", annuii, ma senza sembrare ottimista. "Dipende da quello che dirà. Dipende da quello che ci dicono le prove. Ma lei sa perché siamo qui."

Lei annuì, si passò una mano callosa da combattente sul viso e usò un dito per asciugare una lacrima dall'angolo dell'occhio.

"Ho un caratteraccio, detective. A volte può sfuggire di mano. Ma questo non significa che io abbia ucciso Colby. Non potevo ucciderlo. Lo amavo troppo."

"Parta dall'inizio e ci racconti cosa è successo quella notte", dissi.

Eravamo in piedi davanti alla sua scrivania, mentre io davo un'occhiata all'ufficio. Aveva un ufficio con due grandi vetrate che davano sulla parte principale del dojo. Guardando fuori mi accorsi di due uomini che indossavano il tipico kimono nero degli istruttori di karate. Stavano in piedi fianco a fianco e ci guardavano con interesse, in silenzio. Alle spalle della donna, sulle pareti, c'erano file e file di trofei di varie dimensioni. E spade. Diverse lunghezze di fioretti da scherma, spade all'italiana, coltelli e pugnali.

Questa donna aveva un amore profondo per le lame d'acciaio.

"Ho visto Colby andarsene con Kathryn Valenski quella notte. Li ho visti salire sulla macchina di Colby. Sapevo dove stavano andando. Al suo nido d'amore. Per scoparla. La sera prima mi aveva promesso che saremmo andati laggiù per il fine settimana. Sono esplosa. Sono impazzita. Li ho seguiti. Ho bussato alla porta, volevo beccarli a letto."

"Per ucciderli", grugnì Frank.

"So che devo avergli urlato qualcosa del genere. Ma no. Non avrei mai potuto uccidere Colby. L'amore è una cosa terribile, signori. So che mi era infedele. So che non mi amava. I sessuomani di solito non amano nessuno se non se stessi. Ma io lo amavo. Lo amavo terribilmente."

"Ma gli ha puntato addosso un coltello. Un coltello molto grande", aggiunsi.

"Solo per spaventarlo. Solo per spaventarlo. Solo per mostrargli quanto fosse importante per me!"

"E ha funzionato?"

"Ah!" la risposta abbaiante. "Colby mi conosceva troppo bene. Ha semplicemente riso di me. Ha riso, mi ha tolto il coltello dalle mani e l'ha gettato da una parte. Poi mi ha afferrato e mi ha portato in camera da letto. Abbiamo fatto l'amore quella notte. Diverse volte. Per tutto il fine settimana. Domenica pomeriggio l'ho lasciato a letto addormentato. Avevo un importante torneo, dovevo partire."

"Era vivo quando l'ha lasciato?" Chiesi.

"Sì, dormiva come un bambino".

"E la cartellina?"

"Quale cartellina?" chiese mentre la curiosità le illuminava il viso. "Intende quel grosso fagotto marrone che Kathryn portava con sé? Oh. Quello. Non so. L'ho visto sul tavolino davanti al divano quando sono entrata. Non ci ho pensato. Per quanto ne so era ancora sul tavolino quando sono uscita."

Uno dei due istruttori si allontanò mentre diversi studenti entravano nel dojo. L'altro, un uomo alto con grandi mani e una folta capigliatura, rimase in piedi su un tappetino, ci fissava. Sembrava preoccupato. Continuava ad allungarsi in avanti e a strofinarsi le labbra in un gesto confuso di qualcuno davvero nervoso per qualcosa. Un gesto che sia io che Frank eravamo abbastanza abituati a vedere.

"Quando è tornata all'appartamento?" Chiesi, riportando la mia attenzione sulla donna.

"Non sono più tornata. Il torneo è andato avanti tutto il pomeriggio e fino a tarda notte. Quando è finito, sono tornato a casa mia e sono andata a letto."

"Quella è stata l'ultima volta che ha visto Colby vivo?", chiese Frank dietro di me.

"L'ultima volta", annuì.

"Quando siamo entrati qui lei sapeva perché eravamo qui. Sapeva chi fossimo", iniziai, con voce severa. "Siamo detective della omicidi. Lei sapeva che era morto. Come lo ha saputo?"

Scrollò le spalle con un sorriso di infinita tristezza sulle sue labbra da maschiaccio.

"Lo sapevo e basta. Ho chiamato il suo ufficio, il suo appartamento, praticamente tutti i numeri che conosco, cercandolo. Ogni giorno per due settimane. E poi ieri sera, non so per quale motivo, ho guidato fino al parcheggio dove parcheggiava sempre la sua Lamborghini e l'ho vista ancora nello stesso posto dove l'aveva parcheggiata due settimane prima. È stato allora che ho cominciato a temere il peggio. Quando siete entrati nel dojo ho avuto la conferma."

Annuii e guardai fuori dalla finestra. L'omone con la zazzera malandata se n'era andato. Accigliato, guardai Frank e poi tornai a guardare Gail Oppenheimer.

"Qualcun altro sapeva che era innamorata di Colby Winslow? Qualcuno qui in palestra, per esempio?"

Lei annuì con una nuvola di domande che le riempiva gli occhi.

"Non è un segreto. Io e lo staff siamo abbastanza vicini. Condividiamo i racconti delle nostre vite amorose quasi ogni giorno, qui. Sia Doug che Marlin, i miei istruttori, sapevano cosa provavo per lui. Perché me lo chiede?"

"Se lei non ha ucciso Colby Winslow, e Kathryn Valenski

non ha ucciso Colby Winslow, chi è stato? Chi altro aveva un movente per pugnalare a morte un uomo e rubare un milione di dollari in obbligazioni?"

"Un milione di dollari... in obbligazioni! Oh, mio Dio! Marlin!"

"Marlin? Un uomo grosso, con una zazzera di capelli arruffati, uno degli istruttori?" chiese Frank, accigliandosi.

"È da una settimana o due che se ne sta a deprimersi nel dojo. Ma si è comprato una macchina nuova di zecca. Ha detto di averla pagata in contanti. Ha detto di aver vinto dei soldi alla roulette in un casinò di Kansas City. Mio Dio. Marlin!"

"Marlin cosa?" Chiese Frank con irritazione.

"Oh... Marlin ha una cotta per me dal giorno in cui l'ho assunto. Pensa di essere innamorato di me. Io ho sempre pensato che fosse solo un'infatuazione. Eppure, si è sempre impegnato per dissuadermi dall'avere una relazione con Colby. A volte in modo molto acceso."

"Dove vive Marlin, signora Oppenheimer?"

Scrisse rapidamente l'indirizzo e ci consegnò il foglio. Senza dire altro, uscimmo, salimmo sulla Camaro SS e partimmo. Nel momento in cui mi allontanai dal marciapiede, il cellulare vibrò forte dentro la mia giacca sportiva.

"Turn, sono Joe dell'obitorio. Ho pensato che dovessi saperlo. Il tizio morto? Qualcuno l'ha colpito alla mascella, doveva avere una mano bella grossa e un grosso anello. Gli ha rotto la mascella. Non abbiamo visto i lividi sulla scena del crimine perché il corpo era troppo decomposto. Ma un'occhiata più da vicino qui sotto ed è evidente, di brutto. Sono abbastanza sicuro che sia stato un uomo a uccidere il vostro cadavere."

Joe era Joe Weiser, un ragazzino intelligente e masticatore di gomme cronico, per un esperto di medicina legale che lavorava con il coroner giù all'obitorio. Ragazzo o no, Joe era dannatamente bravo nel suo lavoro. Se aveva detto che pensava che un uomo grosso con grandi mani fosse il nostro probabile assassino, era tutto quello che avevo bisogno di sapere. Corrispondeva.

Calzava a pennello.

Trovammo Marlin nel suo appartamento che buttava frettolosamente dei vestiti in una valigia. Quando entrammo, vidi una .357 magnum che giaceva sul letto accanto alla valigia. Ma, guardandoci e vedendoci scuotere la testa e prendere i nostri ferri, decise che sdraiarsi su una lastra dell'obitorio non era il modo in cui voleva uscire di scena.

Lascia che te lo dica, amico. Il denaro ti mette nei guai. I soldi e le belle donne ti uccidono. E... oh sì. Io e il vecchio ex banchiere abbiamo fatto squadra. Sembra che ora io sia co-proprietario di una fiorente società di investimenti.

# DISILLUSO

A prì la porta ed entrò nella stanza degli interrogatori arredata in modo spartano, facendo un cenno al suo partner in silenzio. Il suo partner era una creatura massiccia dai capelli corti, rossi, color carota. Capelli che erano assolutamente contrari al pensiero di essere pettinati. Il gigante dai capelli rossi fece una smorfia, si acciglò e inclinò la testa verso l'uomo seduto di fronte a lui.

Guardò il sospettato, sollevando un sopracciglio con curiosità.

Mister Americano Medio.

Circa un metro e settanta. Capelli castani. Occhi marroni. Indossava vecchi jeans sbiaditi e un pullover bianco. Il ragazzo aveva bisogno di una rasatura, come lui. Aveva le borse sotto gli occhi per la mancanza di sonno e il profondo trauma emotivo. Un trauma che si rifletteva nei suoi occhi.

"Questo è Frank Gorman, Turner. Marito della defunta. Frank è entrato alla stazione di polizia circa mezz'ora fa e si è consegnato. Ammette di aver ucciso la moglie. Dice di averlo fatto in un impeto di rabbia. Ha perso il controllo dopo un'accesa discussione. Non ricorda il momento in cui l'ha uccisa. Sa solo di averlo fatto."

Turner Hahn, il suo partner alla omicidi, annuì, i suoi occhi non smisero di fissare il volto del sospettato mentre il suo collega dai capelli rossi compilava il rapporto. Il silenzio dell'angusta stanza degli interrogatori conteneva una dura e fragile sensazione di immenso rimorso. Frank Gorman aveva proprio un'aria colpevole. Gli occhi dell'uomo non smettevano di fissare il livello del fluido nero nella sua tazza, quello che qualcuno potrebbe eufemisticamente chiamare caffè. Sia Turner che Frank videro le piccole gocce, macchie rosso scuro sparse sul lato destro della sua camicia. Avevano intravisto qualcosa di scuro e semi-asciutto sotto le unghie della mano destra dell'uomo. Senza dubbio sangue. La scientifica avrebbe confermato che si trattava del sangue di sua moglie. Sicuramente.

Sì. Frank Gorman aveva tutto l'aspetto di un uomo colpevole.

Qualsiasi giuria si sarebbe convinta che avesse ucciso la moglie, solo guardandolo. Gli agenti di pattuglia sulla scena del delitto avevano già confermato la storia dell'uomo, lui e sua moglie avevano litigato ad alta voce per diverse ore, urlando abbastanza da farsi sentire chiaramente da entrambi i vicini di casa. Confermando, ovviamente, la dichiarazione dell'uomo.

Ma...

Turner distolse i suoi occhi grigio-blu scuro dal sospetto e guardò il brutto muso del suo compagno con un mezzo sorriso. Frank Morales, il suo partner, aveva una faccia stoica e illeggibile, come un blocco di granito. Illeggibile per chiunque, ma non per lui. Per lui, Frank era come un libro aperto che aspettava solo di essere letto. Frank, il *suo* Frank, aveva uno sguardo che gli era fin troppo familiare.

Frank Morales, il suo partner, si sentiva a disagio per la

confessione dell'uomo. Non significava necessariamente che il tizio fosse innocente. Ma forse nemmeno colpevole. C'era qualcosa – una piccola scintilla di dubbio, un piccolo guizzo di curiosità – che metteva Frank a disagio. Abbozzò un sorriso nervoso con le sue labbra sottili. Conosceva il suo compagno come conosceva ogni vite e molla, ogni parte in acciaio blu lucido della Kimber calibro 45 nella fondina sotto l'ascella sinistra. Frank aveva un QI approssimativamente, molto approssimativamente, di 185. Senza dubbio, il gigante era un fottuto genio. Era risaputo in centrale che Frank fosse un tuttologo. Gli facevi una domanda intelligente, che richiedeva una risposta articolata, e ottenevi un responso immediato, istantaneo. Fino a quel momento, negli ultimi quindici anni, nessuno aveva mai fatto fesso il Godzilla dai capelli rossi.

Non c'era da discutere. *Se* Frank Morales dubitava della confessione di Frank Gorman, significava che c'era qualcosa che non vedevamo. Il che significava che doveva fare delle ricerche per conto suo.

"Dottor Gorman, sono il detective Turner Hahn, il partner del detective Morales. Le dispiace se mi siedo e le faccio qualche domanda?"

Silenzio.

Turner Hahn prese una sedia dall'angolo della stanza e si sedette accanto al suo collega. Era un'accoppiata interessante. In altezza, Turner era alto quanto Frank. Entrambi stavano intorno al metro e ottanta, ma Frank aveva centotrenta chili di muscoli e cartilagine spessa, mentre Turner spostava la bilancia un po' oltre i cento di muscoli e magrezza. Insieme, i due formavano un'eccellente squadra di detective della omicidi.

"Nella sua confessione ha detto che lei e sua moglie stavate litigando. Può dirci per quale motivo stavate litigando?"

"Discutevamo di soldi. Sempre di soldi."

"Quanti soldi?" Chiese Frank, la sua voce suonava come il

rombo di un camion carico di ghiaia che passa su un dosso. "Un paio di centinaia? Un paio di migliaia? Di più?"

"Uh... beh... parliamo di mezzo milione. Dovevamo trovare mezzo milione di dollari prima della fine del mese prossimo. Non pensavo che avremmo potuto metterli insieme. Volevo vendere lo studio. Darlo via. Forse ricominciare da capo. Ma Cherri non ne voleva sapere. Diceva che aveva impiegato troppi anni per far crescere lo studio. Ricominciare non era un'opzione."

"Lei e sua moglie lavoravate insieme?" Chiese Turner.

Ci vollero uno o due secondi, ma alla fine successe. L'uomo si mosse. Fece appena un cenno con la testa mentre fissava la sua tazza di caffè con sconforto.

"Che tipo di studio avete?" Chiese Frank.

"Noi siamo... eravamo... psicologi. Entrambi abbiamo un dottorato di ricerca in psicologia. Stiamo lavorando al nostro studio da più di cinque anni. Questo è... uh... il motivo per cui abbiamo così tanti debiti. L'anno scorso ci siamo trasferiti in un edificio nuovo di zecca costruito secondo le nostre specifiche. Pensavamo di essere adeguatamente finanziati. Ma ci sbagliavamo. Uno dei nostri finanziatori si è ritirato dal progetto, scaricando il mezzo milione di debito sulle nostre spalle, inaspettatamente."

Turner grugnì, fece un mezzo sorriso e annuì. Vedeva l'enigma con cui il suo collega stava lottando mentalmente. Il tizio entra in centrale... un professionista molto intelligente, uno che si sa esprimere bene... e confessa di aver ucciso la moglie... eppure dice di non ricordare di averlo fatto.

Strano.

"Dottor Gorman", iniziò Turner, il ghigno scomparve dalle sue labbra. "Ci porti per mano in questo litigio tra lei e sua moglie, fino al momento in cui ha perso i sensi. Ci dica tutto quello che ricorda."

Le lacrime salirono negli occhi dell'uomo e cominciarono a scorrere lungo le guance in rivoli stretti e serpeggianti. Qualsiasi colore fosse rimasto nelle sue guance si prosciugò. Le mani cominciarono a tremare visibilmente, mentre continuava a tenere la tazza di caffè.

La discussione era iniziata in un ristorante dove lui, sua moglie e il suo figliastro stavano cenando all'inizio della serata. Mark, il figliastro, era molto arrabbiato con sua madre. Lei aveva promesso di aiutarlo a comprare un'auto per poter tornare all'università guidando qualcosa di più affidabile. Ma questi cinquecentomila dollari stavano mettendo un freno a quella promessa. Ogni centesimo veniva messo da parte nel tentativo di pagare il debito. Mark era furioso e pretendeva di sapere perché dovesse andarci di mezzo sempre lui per ogni problema tra i due strizzacervelli.

Quest'ultimo commento di Mark fece sì che sua moglie lo accusasse, Frank Gorham, di essere stato negligente nel controllare i precedenti dei finanziatori. Era colpa *sua* se si trovavano tutti in guai finanziari. Naturalmente lui si arrabbiò per essere stato dipinto come il cattivo. Di nuovo. Ogni volta che c'era un problema di soldi in famiglia veniva sempre accusato di essere il colpevole. Così la discussione tra sua moglie e suo figlio coinvolse l'intera famiglia e continuò a degenerare prima alla tavola calda e poi a casa.

Mark uscì di casa in preda alla rabbia, urlando che sia lui che sua madre erano dei veri e propri ciarlatani, più ciarlatani degli stregoni. Non erano altro che degli sporchi ladri bugiardi. Quando Mark sbatté la porta alle sue spalle, Cherri perse la testa. Andò su tutte le furie. Cominciò a urlare contro Frank. Lanciando pentole e padelle – qualsiasi cosa si trovasse sui ripiani della cucina – urlando a squarciagola che voleva il divorzio e che voleva distruggere il suo brutto culo bugiardo per averla ingannata.

Il dottore disse di ricordare di aver schivato gli oggetti che gli aveva lanciato, ma qualcosa lo prese sul sopracciglio destro. Qualcosa di pesante. Ricordava di aver barcollato all'indietro e di essersi accasciato per metà sul piano della cucina. Si ricordò di aver visto il blocco di legno pieno di coltelli da intaglio affilati lì sul mobile, proprio accanto alle sue mani. Dopo di che...

Ricordava di essersi svegliato fissando il ventilatore da soffitto della cucina. Ricordava di aver notato l'incredibile silenzio assoluto che riempiva la casa in modo assordante. Ricordava di essersi rotolato su una spalla e di aver visto sua moglie sdraiata, proprio accanto a lui. Sangue ovunque. Allora capì, capì di aver ucciso sua moglie. Si alzò in piedi, facendo attenzione a non toccare nulla in cucina, e scese in garage. Da lì guidò dritto fino alla centrale e si costituì.

La confessione, un sussurro che usciva dalle labbra dell'uomo. Fredda, impersonale, quasi ipnotica. Ogni tanto faceva una pausa, si asciugava un flusso di lacrime dalle guance con il dorso di una mano e continuava la sua storia. Ma la mano tornava sempre alla sua presa originale, sulla tazza di caffè. Mentre parlava, sia Frank che Turner riuscivano a immaginare quello che il tranquillo confessore descriveva.

Non erano belle immagini. Ma erano fin troppo familiari.

Turner annuì, si alzò e si diresse verso la porta.

"Per ora abbiamo finito con le domande, dottor Gorman. Tornerà nella cella di detenzione e più tardi la trasporteranno in centro, alla prigione dove verrà formalmente processato."

Un poliziotto dall'aspetto corpulento si presentò alla porta e aspettò che lo psicologo si alzasse in piedi.

Guardammo lo strizzacervelli che veniva scortato lungo un corridoio e spariva dietro un angolo. Frank grugnì con interesse e guardò Turner.

"Un tizio intelligente entra in una stazione di polizia e

confessa un omicidio che nemmeno lui sa di aver commesso. Perché?"

"Forse è così intelligente che pensa che una buona recitazione ci convincerà della sua innocenza."

"Forse è innocente", rispose la massa di muscoli e ossa dai capelli rossi. "Forse si sta prendendo la colpa per proteggere qualcuno."

"Forse, ad esempio... il figliastro?"

"Forse. Forse qualcun altro che non abbiamo ancora incontrato."

"Forse. Ma davvero non pensi che sia stato lo strizzacervelli?"

"No, non lo so."

"Forse, caro il mio grosso e brutto amico dai capelli rossi, dovresti dirmi perché pensi che sia innocente."

Il gioco del forse. Un eccentrico gioco di parole che i due avevano inventato qualche anno prima per far rimbalzare rapidamente le idee l'uno con l'altro, e allo stesso tempo, per togliere la tensione dall'aria con un po' di leggerezza.

Frank sollevò il mento pesante contornato di barba rossa e concentrò i suoi occhi marroni, incredibilmente piccoli, sull'immagine del suo amico in piedi accanto a lui nel corridoio. Si passò inutilmente una mano tra i capelli rossi simili alla paglia per toglierseli momentaneamente dalla fronte, l'enorme creatura quasi sorrise.

"Forse non lo so davvero. Chiamala un'intuizione. Una traccia. Un debole ripensamento dovuto a un'intuizione."

La malizia scintillò negli occhi di Turner e il suo sorriso persistente si allargò. Un sorrisetto da ragazzino, un sorriso di pura furbizia.

"Un *debole ripensamento dovuto all'intuizione*? È quasi poetico. È tipo l'intuizione femminile?"

"Forse."

"Forse", fece eco Turner. "Poetico o forse femminile?"

Frank non rispose. Scrollò le sue massicce spalle in silenzio.

Turner sorrise di più, diede un pugno alla spalla del suo compagno in modo giocoso e si avviò.

"Beh, qualunque cosa sia, *mio* grandissimo amico e socio, andiamo a guadagnarci lo stipendio e a fare qualche domanda. E a proposito, tirati giù la gonna. Si vede la sottoveste."

Cercalo nel dizionario. Il lavoro di polizia è definito come: *Un ciclo di Mobius. (1) Il continuo ripetersi delle stesse domande senza sosta. (2) La continuazione di un ciclo di interviste agli stessi testimoni, testimoni oculari e possibili sospetti finché un nuovo nome viene aggiunto alla lista dei testimoni, testimoni oculari e possibili sospetti. (3) Assoluto. Monotono. Noioso.*

La terza definizione è quella importante. È quella che separa gli aspiranti poliziotti da quelli seri. In qualsiasi operazione apparentemente senza senso, colui che riesce a individuare l'anomalia nella routine quotidiana è quello che ha successo. Ecco cosa ti fa promuovere da poliziotto a detective. Il detective, o la squadra di detective, che ha il più alto tasso di condanne.

Trovarono alcune anomalie su cui valeva la pena indagare.

La prima anomalia era che non riuscivano a trovare il figliastro di Gorman, Mark. Era sparito. Non era a casa. Non era in nessuno dei tre ospedali della città. In nessun obitorio. Non era a casa di qualche amico. Era semplicemente... *sparito.*

Le ricerche portarono al ritrovamento dell'auto di Mark in un parcheggio vicino a Davidson Street. Un grande lotto accanto a una gigantesca catena di librerie. Guidava una tipica auto da ragazzo del college: una Chevy Camaro relativamente nuova. Stranamente, le chiavi di Mark erano ancora nel quadro. Il finestrino del lato guidatore era abbassato di circa dieci centimetri. L'angusto sedile posteriore dell'auto era carico di una massa confusa di vestiti e libri di testo del college, gettati lì dietro alla rinfusa, come se avesse avuto fretta di andarsene. Ma non c'era Mark.

La seconda anomalia era il nuovo testamento modificato di Cherri Gorman. Non aveva lasciato un centesimo né a Frank né a suo figlio. Neanche un centesimo.

I due detective tornarono al distretto e fecero sedere il loro unico sospettato sulla stessa semplice sedia di legno, nella stessa austera stanza degli interrogatori di prima. Ma questa volta Frank sedeva sulla sedia di fronte a Gorman, mentre la grossa sagoma di Turner era appoggiata al muro dietro al suo partner, in silenzio.

"Dottor Gorman, perché sua moglie ha improvvisamente cambiato il suo testamento? E perché ha cancellato lei e il suo figliastro?"

"Io... uh..." si schiarì la gola dolcemente mentre si agitava sulla sedia, "non lo so, davvero. Lei... aveva appena informato me e Mark, l'altra sera, mentre cenavamo fuori. Noi eravamo... eravamo... ugualmente... stupiti nell'apprenderlo."

Gorman sedeva sulla sedia, con le mani giunte sul tavolo, gli occhi proiettati verso il basso e fissi sulle sue mani. La sua carnagione era molto pallida.

Turner si appoggiò al vetro a specchio dietro di lui, piegò le braccia sul petto e guardò il sospettato da vicino. Eppure, la sua mente urlava, diceva "e se?" ripeteva la stessa cosa dentro di sé come un registratore rotto. Quali erano le probabilità di risolvere questo caso? Chi era la vera vittima qui? Il buon dottore seduto al tavolo era un bugiardo patologico? O forse, solo forse... *Il delitto perfetto, il delitto perfetto,* una piccola voce risuonava dentro di sé ripetendolo più e più volte, come un paio di nacchere incessanti. Ciononostante, rimase in silenzio mentre la voce di Frank rimbombava come un vulcano, cosa che, naturalmente, fece fremere e scuotere la stanza a livello sub atomico.

"Sua moglie ha cambiato il testamento poco più di una settimana fa. All'improvviso e senza preavviso. È sicuro di non avere idea di cosa le passasse per la testa?"

Gli occhi di Gorman tremolarono, sfarfallarono verso l'alto, verso la sagoma massiccia di Frank seduta di fronte a lui. La sua mano si mosse, si chiuse in un pugno e poi si fermò. Tossì dolcemente mentre i suoi occhi si posavano sulla faccia granitica di Frank.

"Non ne sono sicuro. Davvero non lo so... ma... ma una settimana prima che Cherri vedesse il suo avvocato, so che ha avuto una lunga conversazione al telefono con il suo ex-marito. Apparentemente Wilson... L'ex di Cherri... è tornato in città. Ha chiamato per informare Cherri di essere tornato e di volersi mettere in contatto... in contatto con lei. E, credo, chiederle se fosse possibile rivedere Mark."

"Sua moglie era stata già stata sposata? Quanto tempo fa?"

"Prima... prima che la incontrassi alla scuola di specializzazione. Mark era solo un bambino allora. Aveva forse un anno. Forse due. Non mi ricordo."

"Perché si sono separati, dottor Gorman? Perché questo lungo periodo di silenzio tra i due?"

"Uh... uh... da quanto ho capito, Wil... Wilson è stato in prigione per tutto questo tempo. Ha scontato la sua pena ed è stato rilasciato circa... circa un mese fa. O, almeno, questo è quello che mi ha detto Cherri l'altra sera."

Frank si sedette sulla sedia e piegò le braccia sul petto prima di girare la testa per guardare Turner. Turner, da parte sua, si accigliò guardando il suo compagno e mormorò in silenzio la domanda: *"Dov'è Mark?"* Frank annuì e si voltò di nuovo a guardare Gorman.

"Dottor Gorman, stiamo cercando di trovare Mark, ma

finora non abbiamo avuto fortuna. Abbiamo trovato la sua auto in un grande parcheggio su Davidson Street. Ha idea di dove potremmo trovarlo?"

"Davidson Street? Vicino alla grande libreria? Ah. Io... uh... credo che la sua ragazza viva dall'altra parte della strada. Ha affittato un piccolo appartamento sopra una caffetteria. Lavora part-time nella libreria mentre studia qui in città. Lei... potreste trovarlo lì."

"Come si chiama?"

"Cassandra, credo. Mark la chiamava solo così. Solo Cassandra."

Il corpo di Frank Gorman sembrò sgonfiarsi davanti ai loro occhi e il suo colore peggiorò. Entrambi i detective sapevano che quel giorno non sarebbero uscite altre informazioni dalla bocca del dottore. Frank si alzò e bussò delicatamente all'unica porta della stanza degli interrogatori. Quando la porta si chiuse dietro i due, Frank si voltò verso Turner.

"Devo scoprire qualcosa sul primo marito. Specialmente perché è stato in prigione per così tanto tempo."

Turner annuì in silenzio in segno di assenso. Frank, leggendo la faccia di Turner, fece una faccia accigliata.

"Ok, detective Hahn... sputa il rospo. Cosa c'è nel tuo cervello grande quanto un baccello di pisello?"

Turner sorrise.

"Abbiamo già lavorato a dei casi difficili, vero, amico?"

Frank annuì.

"Casi che abbiamo pensato per un po' di tempo che non avremmo chiuso. Casi che ognuno di noi pensava, in fondo, si sarebbero rivelati essere quell'unica creatura mitica. Quel crimine perfetto."

"Pensi che si tratti di questo? Pensi che quel tipo abbia architettato un omicidio e l'abbia pianificato così bene da farla franca?"

Turner sorrise e annuì.

Frank si accigliò di nuovo.

"Ok, amico. Dimmi una cosa. Quanto vuoi scommettere? Quanto hai in questo momento?"

Il sorriso sardonico di Turner si allargò. Frank sapeva esattamente quanto valeva il suo partner. Non c'erano segreti tra loro.

"L'ultima volta che ho controllato il saldo della mia carta di credito, forse venti... venticinque milioni."

"Stronzo", grugnì Frank, allungando la mano e tirando fuori il suo portafoglio prendendo l'unico biglietto verde che aveva dentro. "Ho cinque dollari che dicono che ti sbagli. Sbagli di brutto. Cinque dollari che Frank Gorman è innocente e l'ex marito di sua moglie è il nostro assassino. Vuoi scommettere?"

Turner, ancora sorridente, fece un cenno con la testa e disse: "Certo".

Frank prese il comando. Uscendo dalla stanza degli interrogatori, Turner seguì il gigante massiccio davanti a lui mentre uscivano dalla centrale e salivano sull'auto di Turner.

"Dove andiamo?" chiese il sorridente idolo del cinema matinée.

"Davidson Street... e spingi su quel pedale, James."

Venti minuti dopo, i due salirono rumorosamente una serie di scale fino al secondo piano sopra la caffetteria e giù per un breve corridoio fino all'appartamento numero quattro. Si fermarono a pochi metri dalla porta. Davanti all'appartamento c'erano una donna guatemalteca e un basso uomo cinese, con la preoccupazione dipinta sul volto. Dietro di loro, le porte degli appartamenti due e tre erano parzialmente aperte.

"Lo sentite questo odore?" disse la donna, girandosi e guardando Turner e Frank. "Conosco quell'odore. È proprio come in Guatemala. L'odore della morte."

Entrambi i detective lo sentivano. Era inconfondibile.

Entrando nell'appartamento trovarono la fonte dell'odore.

Turner, il volto fermo in una maschera illeggibile, si voltò a metà strada e guardò i due.

"Uno di voi due può identificare questa donna. È Cassandra?"

I due si guardarono, l'uomo fece spallucce e la donna annuì, prima di tornare a guardare Turner.

"Noooo... siamo abbastanza sicuri che non sia Cassandra, detective. Credo sia sua sorella, Kelly. Cassandra è stata via nell'ultima settimana. È andata a trovare i suoi genitori. Mi ha detto che sarebbe stata via esattamente una settimana. È passata una settimana. Mi aspettavo che si facesse viva oggi."

Turner guardò Frank. Frank infilò la mano nella giacca sportiva, tirò fuori il cellulare e digitò rapidamente un numero.

I due sgomberarono l'appartamento quando la folla di tecnici si presentò. Scendendo le scale, uscirono al sole del tardo pomeriggio e furono immediatamente colpiti dal potente aroma di caffè forte che usciva dalla piccola caffetteria. C'erano alcuni tavoli vuoti sul marciapiede di fronte al negozio, insieme a circa altri sei tavoli pieni di studenti universitari e giovani professionisti che chiacchieravano con disinvoltura e sorseggiavano il loro latte macchiato. Un giovane universitario con un fresco grembiule bianco uscì per prendere le ordinazioni di Turner e Frank. Proprio mentre il ragazzo scompariva nel buio della caffetteria, un taxi si fermò di fronte a una fila di tavolini sul marciapiede. L'autista scese, si diresse verso il retro dell'auto, aprì il bagagliaio e cominciò a tirare fuori delle valigie pesanti. Anche la porta posteriore del taxi si aprì e uscì l'inafferrabile Cassandra.

Era quasi identica alla sorella, morta nell'appartamento di sopra. Cassandra, tuttavia, aveva l'aspetto di una viaggiatrice stanca. I suoi lunghi capelli castani avevano seriamente bisogno di essere spazzolati. Sembrava che avesse dormito con i vestiti addosso. Aveva l'aspetto esausto e frustrato che ogni viaggiatore ha dopo aver avuto a che fare con le compagnie aeree e gli aerei sovraffollati.

Fu Frank ad alzarsi dal tavolo e ad avvicinarsi alla giovane ragazza, il suo distintivo d'oro da detective in mano, pronto. Turner guardò il suo partner informare tranquillamente Cassandra della brutta notizia. Come previsto, la notizia dell'omicidio di sua sorella e della scomparsa del suo ragazzo la distrussero. Crollò tra le braccia di Frank.

Turner si alzò, prese una sedia vuota da uno dei tavoli e la fece sedere tra loro, proprio mentre Frank vi accompagnava delicatamente Cassandra. Girandosi, mostrò il suo distintivo d'oro agli astanti, disse loro che si trattava di una delicata faccenda di polizia e chiese di portare i loro caffè e le loro conversazioni nella caffetteria e di lasciargli un po' di spazio.

Turner e Frank rimasero in silenzio e aspettarono che la giovane donna si ricomponesse. Le lacrime le scorrevano liberamente sulle guance. Il suo corpo rabbrividì diverse volte sotto la tettoia del bar, su quel marciapiede, a causa dell'intensa emozione che l'attraversava. Alla fine, le lacrime cominciarono a diminuire.

"So che potrebbe essere impossibile da capire in questo momento, Cassandra. Ma dobbiamo trovare Mark. Il tuo ragazzo", iniziò Frank, suonando incredibilmente gentile ed empatico per un tipo che farebbe sembrare anemico un gorilla di montagna.

"Mark? Ha... ha ucciso mia sorella?"

I suoi occhi si riempirono di lacrime, e sembrava che stesse per avere un altro crollo emotivo, ma combatté l'ondata di disperazione e guardò Frank con uno sguardo intenso e supplichevole sul suo bel viso.

"No, no. Niente del genere. Ma siamo preoccupati per la sicurezza di Mark. Devo dirti che tua sorella non è l'unica ad essere stata uccisa, Cassandra. Anche la madre di Mark è stata assassinata."

"Oh... mio Dio! Chi... chi l'ha uccisa?"

"Il patrigno di Mark ha confessato di aver ucciso sua moglie. Sostiene di non ricordare nulla. Ma è sicuro di essere stato lui."

"Oh, è stato proprio lui. È stato quel figlio di puttana ad ucciderla! Non c'è dubbio!"

Il dolore del trauma era stato sostituito. Sostituito dal battito di un cuore vivo infuocato da rabbia intensa. Un totale capovolgimento di emozioni.

"Mark mi ha detto tutto. Tutto, su quel bastardo!"

"Cosa ti ha detto Mark?" Frank fece eco.

"Nell'ultimo anno, o forse più, il patrigno di Mark ha rubato soldi a sua madre. In qualche modo ha preso il controllo della società, quella che si suppone gli stia dando i fondi per costruire l'edificio per il loro studio in espansione. Finora ha rubato loro quasi un milione di dollari. Un milione di dollari!"

"Come ha fatto Mark a scoprirlo?" Chiese Turner.

"Gliel'ha detto suo padre. John Wilson. Il padre di Mark è uscito di prigione circa un mese fa e ha chiamato Mark per dirgli che voleva vederlo. Ha detto che era molto importante. Ha detto a Mark che, mentre era in prigione, ha incontrato dei detenuti che conoscevano il suo patrigno, il dottor Gorman. Lo conoscevano da *prima che* diventasse uno psicologo."

"Mark credeva a suo padre?" Disse Turner.

"Assolutamente!" Cassandra annuì, con gli occhi pieni di lacrime. "Mark ha detto di aver fatto delle ricerche per conto suo. Ha detto che conosceva alcuni amici che conoscevano alcuni dei pazienti del suo patrigno. Ha detto che ognuno di loro, dopo aver visto il dottor Gorman, si era trovato sul lastrico subito dopo. Aveva fatto altre ricerche e aveva scoperto, con l'aiuto di suo padre, che il dottor Gorman aveva in qualche modo manipolato la società di prestiti che gestiva i fondi sul nuovo edificio. Ogni centesimo che i Gorman pagavano per la ristrutturazione dell'edificio andava in realtà nelle tasche del suo patrigno!"

"Cosa voleva fare Mark con questa informazione, Cassandra?" Chiese Frank, un cipiglio truce cadde sul volto dell'uomo dai capelli rossi.

"Mark voleva direttamente il suo patrigno. Aveva detto che lui, sua madre e il dottor Gorman dovevano andare a mangiare in un ristorante. Aveva detto che questo gli avrebbe dato il tempo di raccogliere tutte le prove necessarie per convincere sua madre che le stava dicendo la verità."

"Io ... Gli ho detto che era una sciocchezza. Doveva andare prima alla polizia. Doveva denunciare il suo patrigno a persone che sapevano come gestire una cosa del genere. Ma Mark era irremovibile. Aveva detto che odiava il suo patrigno. Che doveva guardarlo direttamente negli occhi e dirgli in faccia che era un truffatore e un ricattatore. Non potevo fermarlo. Dovevo prendere un aereo e andare a trovare i miei genitori. Era tutto organizzato. Io... Avrei dovuto rimanere qui e fare qualcosa per proteggere Mark e sua madre."

Cassandra si sciolse in uno spasmo di lacrime e rimorso. I due giganti detective rimasero pazientemente seduti e aspettarono che la liberazione emotiva della giovane ragazza finisse per defluire. Dopo di che, i due la misero su un'auto della polizia, la portarono in un rifugio sicuro e la depositarono lì.

In silenzio, i due tornarono al distretto e chiesero di vedere di nuovo dottor Gorman nella stanza degli interrogatori.

Quando Turner e Frank entrarono nella stanza, trovarono due persone ad aspettarli. Seduto sulla stessa sedia su cui si era seduto l'ultima volta che lo avevano intervistato c'era il dottor Frank Gorman. Aveva quasi lo stesso aspetto dell'ultima volta. Tranquillo, timido. Privo di qualsiasi espressione facciale.

Seduto accanto a Gorman c'era un uomo che entrambi i detective conoscevano fin troppo bene. James Concannon. L'avvocato della difesa. Era seduto con un sorrisetto sulle labbra accanto al suo cliente, la sua testa calva brillava sotto le luci della stanza.

"Il mio cliente mi ha chiesto di rappresentarlo in questo caso, signori. Sostiene che le circostanze lo hanno costretto a confessare il crimine commesso contro sua moglie. Credo che possiamo costruire un caso che dimostri che il mio cliente è innocente. Almeno, questa è la nostra intenzione."

Frank grugnì qualcosa sottovoce mentre guardava il suo compagno e si abbassò verso il tavolo dove erano seduti i due. Turner, annuendo, prese la sedia proprio di fronte a loro e si sedette.

"Bene, bene. A ciascuno il suo. Ma devo avvertirla che ho un socio che è molto arrabbiato con il suo cliente, avvocato".

Concannon, conoscendo Frank fin troppo bene, alzò gli occhi e guardò l'enorme massa di ossa e carne dietro Turner e si accigliò.

"Perché è arrabbiato?"

"Ha perso una scommessa", rispose Turner, con un sorriso infantile dipinto sul volto. "Conosce Frank. Non si sbaglia mai, quasi mai. Che io sappia, si è sbagliato solo in due occasioni. Riguardavano casi di omicidio. E c'era di mezzo una scommessa fatta con me."

"Qual era la scommessa?" chiese l'avvocato della difesa con esitazione.

"Frank credeva al suo cliente. Pensava che fosse innocente. Io no."

Le palpebre di Frank Gorman tremarono. Per un secondo,

Turner pensò che l'uomo tranquillo stesse per sollevarle e dare un'occhiata a Frank. Ma non si mossero.

Proprio mentre Concannon stava per dire qualcosa, qualcuno bussò delicatamente, due volte, alla porta della stanza degli interrogatori. Frank si staccò dal muro, si avvicinò alla porta, la aprì, grugnì un "grazie" e poi la chiuse delicatamente. Nella sua mano sinistra c'erano due lunghi oggetti. Mazze da baseball. Due mazze di legno. Spesse e lucide, rilucevano nella luce soffusa della stanza. Frank le sollevò davanti a sé, quasi sorrise mentre tornava verso il muro dietro il suo compagno e con noncuranza mise una delle mazze contro il muro accanto a lui. Il gigante dai capelli rossi afferrò l'altra con entrambe le mani massicce e grugnì di piacere.

"Dica, che diavolo sta succedendo qui? Sta cercando di intimidire me e il mio cliente, detective Hahn? Qui? In questa stanza?"

"Oh no, no, no... avvocato. Non lo faremmo mai", rispose Turner, allargando quel sorrisetto impertinente sulle labbra. "Non siamo così ingenui. E poi, questa intervista è registrata. Le daremo certamente una copia come prova, se la vuole. No... le mazze sono qui per tenere Frank occupato mentre parliamo. Come ho detto, il mio collega è arrabbiato. Si è bevuto la storia assurda del suo cliente, ci è cascato con tutte le scarpe. Quindi ha bisogno di sfogare la sua frustrazione in modo non violento. Per così dire."

"Quindi..." iniziò l'avvocato occhialuto con esitazione, lanciando un'occhiata a Turner di fronte a lui e poi guardando rapidamente oltre la spalla destra di Turner, verso il gigante dai capelli rossi dietro di lui. "Che cosa vuole fare con quelle?"

La risposta arrivò abbastanza rapidamente, forte, come l'esplosione inaspettata di un potente revolver che spara in una stanza molto piccola.

CRACK!

Frank spezzò a metà la mazza da baseball della Major League in acero lucidato. L'aveva afferrata con entrambe le mani, una piccola scossa con un breve e potente movimento dei polsi. Il rumore fu così forte che sia Concannon che il suo cliente trasalirono visibilmente sulle loro sedie.

"Gesù, detective! Lei... Lei... Lei... Non la chiama una forma di intimidazione questa!? Che diavolo sta cercando di fare? Spaventarci? Beh... Lasciate che ve lo dica... sono spaventato!"

Turner ridacchiò. Frank gettò con noncuranza i due pezzi di legno nel cestino di metallo vuoto, nell'angolo della stanza.

"Il suo cliente ci ha mentito, avvocato. Oh, ha confessato di aver ucciso sua moglie. Ma solo in un modo che creerebbe immediatamente un dubbio nella mente di qualsiasi giurato. Amnesia? Ma abbastanza schietto da confessare un omicidio che potrebbe non aver commesso? Una performance brillante, dottor Gorman. Brillante. Lei ha scommesso che, alla fine, una giuria di suoi pari le avrebbe dato il beneficio del dubbio e l'avrebbe lasciata andare. Ma lei ha commesso uno, se non due, errori fatali, dottore. Errori che la manderanno in prigione per il resto della sua vita."

"Quali errori?" Ringhiò l'avvocato, stringendo gli occhi con sospetto.

"Non stiamo accusando il suo cliente solo dell'omicidio di sua moglie, avvocato. Stiamo presentando contro di lui accuse multiple di omicidio. Crediamo che il suo cliente non solo abbia ucciso sua moglie, ma anche il suo figliastro, insieme a un uomo di nome John Wilson, l'ex marito della defunta signora Gorman, e una donna che credeva erroneamente fosse Cassandra Drake, la ragazza del suo figliastro."

Gli occhi di Gorman vacillarono, esitarono, poi si sollevarono e fissarono Turner.

"Proprio così, amico mio", annuì Turner, i suoi occhi grigioazzurri che osservavano l'uomo seduto di fronte a lui con feroce divertimento. "Ha sentito. Ha commesso un errore. Pensava di aver ucciso Cassandra nel suo appartamento, ma non è così. Ha ucciso sua sorella, Kelly. Un errore banale. Kelly e Cassandra sembrano quasi gemelle. Ma lei non lo sapeva perché Mark non ha mai presentato la sua ragazza né a lei né a sua madre."

Concannon, con il viso che diventava rosso di rabbia, guardò Turner. Cominciò a dire qualcosa, ma si fermò quando vide Frank abbassarsi e raccogliere la mazza da baseball ancora intatta.

"So cosa sta per chiedere, avvocato. Quale possibile movente avrebbe il suo cliente per uccidere così tante persone? La risposta è tanto semplice quanto banale. Il denaro. Niente di più e niente di meno. Soldi."

"Prove, detective? Ha anche solo un briciolo di prova a sostegno di queste accuse?"

Frank cominciò a sbattere la pesante mazza contro il palmo aperto della mano sinistra. Il suono rozzo ma surreale della sua carne e delle sue ossa che colpivano la mazza di legno risuonò nella stanza. Anche gli occhi del dottore ruotarono indietro e guardarono per un momento Frank accigliato.

"Abbiamo la testimonianza di Cassandra. Sostiene che il suo ragazzo le abbia detto di essere convinto che il suo patrigno stesse rubando ogni centesimo dell'eredità di sua madre. Abbiamo i tabulati telefonici di John Wilson che chiama ripetutamente il cellulare del figlio dal momento in cui è uscito di prigione fino alla sua scomparsa. Il padre di Mark aveva apparentemente sentito parlare della reputazione del dottore di bugiardo e ricattatore, dato che era ben noto tra i detenuti della prigione.

Abbiamo testimoni che sosterranno in tribunale che Mark Wilson aveva fatto ripetute richieste a diversi funzionari dell'università, chiedendo informazioni sulle credenziali del suo patrigno. C'era un dubbio sulla loro validità. Le nostre indagini hanno portato alla luce un fatto interessante, nessuno ricorda un Frank Gorman che abbia mai frequentato l'università, tanto meno che abbia conseguito le sue numerose lauree.

E infine, avvocato, questo. Non riusciamo a trovare Mark Wilson. Né suo padre. Sono semplicemente scomparsi dalla faccia della terra. Strano, non crede, che un figlio che temeva che sua madre fosse usata e abusata dal suo patrigno sia semplicemente... e misteriosamente... scomparso?"

"Circostanziale. Quasi tutte queste prove sono per sentito dire o circostanziali. Io..."

CRACK!

Frank spezzò a metà la seconda mazza, come se non fosse altro che uno stuzzicadenti usato. Ma la reazione fu diversa. Questa volta Frank Gorman trasalì. Come se gli avessero dato uno schiaffo in faccia.

Alla fine, la corte ci diede ragione.

E Frank?

Frank mi diede i cinque dollari e non disse una parola. Neanche una parola.

## LA PROVA

"Senta, le sto dicendo esattamente quello che penso. Il ragazzo è colpevole. Colpevole senz'ombra di dubbio, e per questo andrà sulla sedia elettrica. Una volta che avrò presentato il caso dell'accusa contro di lui, sarà già condannato. Quindi fatevene una ragione, voi due. È finita. Caso chiuso."

E con queste parole, l'assistente del procuratore distrettuale, Victor Koffsky, si voltò, entrò in un ascensore pieno di burocrati dall'aria irritabile e scomparve, lasciandoci in piedi nel mezzo del corridoio affollato, con le mani in tasca e gli sguardi acidi sulle nostre facce.

Era alto. Ben vestito. Sembrava un anziano atleta che si teneva ancora in forma. Fotogenico. Sfoggiava un sorriso con una perfetta dentatura bianca, come porcellana.

Non sopportavo quel piccolo stronzo ruffiano.

"Te l'avevo detto", Frank, il mio collega della Omicidi, ringhiava irritato. "Te l'avevo detto che non ci avrebbe ascoltato. È un fottuto bandito. Vuole solo aggiungere un'altra tacca al suo numero di condanne. Quel figlio di puttana si candiderà come procuratore distrettuale, tra un paio d'anni. Ha bisogno di una percentuale di condanne da paura per essere un candidato valido."

La gente, molta gente, si muoveva intorno a noi nella sala principale di fronte alla fila di ascensori del Municipio. Avvocati, poliziotti, stenografi, giornalisti; l'intera gamma di ciò che si può vedere in un affollato giovedì pomeriggio. Si muovevano intorno a noi come topi in un labirinto. Sembravano tutti concentrati. O preoccupati. O arrabbiati. Tutti erano troppo occupati per preoccuparsi del perché due detective della omicidi, brutti e grossi come noi, fossero in piedi in mezzo al corridoio con la faccia di chi ha ingoiato una pentola piena di chili avariato. O peggio.

"È innocente, Frank. È innocente. Lo sai tu e lo so io. E ad essere onesti, credo che il nostro assistente procuratore lo sospetti."

"Sono d'accordo", annuì il mio collega simile a un gorilla di montagna, dando un'occhiata all'ascensore. "Ma una prova, ragazzo. Abbiamo bisogno di prove. Quindi immagino che dovremo giocare ai detective e andare a cercarle."

Un sorrisetto si dipinse sulle mie labbra mentre guardavo il mio compagno. Il gigante dai capelli rossi e dagli occhietti vispi era quasi telepatico. Sapeva che stavamo per fare esattamente quello.

"Forza, andiamocene da qui. È troppo un circo di matti per i miei gusti. E io odio i pagliacci."

La situazione era questa. Un agente di pattuglia che conoscevamo, Jason Norris, era stato trovato a letto con una donna morta. Morta perché qualcuno le aveva sfondato la testa con un martello. Le prove indicavano Jason come l'assassino. E devo ammettere che le prove erano convincenti. Il manico di legno del martello era pieno di impronte di Jason. Quando lo tirarono fuori dal letto e lo arrestarono, il sangue della vittima era spalmato sulle sue mani. Lo sperma, il suo, si sa dove. Peggio ancora, la donna che giaceva morta nel letto accanto a lui era incinta di sei settimane.

Come se non bastasse, il contenuto di alcol nel sangue di Jason era sufficiente a mettere fuori combattimento un elefante.

Ecco il colpo di scena. L'alcol.

Jason aveva una reputazione. Una cattiva reputazione. Tutti quelli che lo conoscevano ne erano consapevoli. Dato che era un poliziotto, significava che tutti nel dipartimento lo sapevano. Quando Jason beveva non riusciva a smettere. E quando si ubriacava diventava cattivo. Davvero cattivo. Ma la parte peggiore del suo bere era che non riusciva a ricordare nulla quando smetteva. Sveniva come un sasso quando era ubriaco. Aveva avuto delle brutte avventure a causa dell'alcol. Risse da bar. Era il tipo da scontri nel vicolo sul retro, il tipo che picchiava a sangue le vittime al punto che erano necessari lunghi ricoveri in ospedale. Litigi con sua moglie, arrivati alle mani. Litigi che portavano sua moglie a essere picchiata e ferita gravemente. Una violenza che esplodeva e diventava feroce.

È stato il suo bere e la sua tendenza a diventare cattivo che hanno causato il suo divorzio. Sua moglie e i suoi figli lo hanno lasciato e hanno fatto emettere un ordine del tribunale per tenerlo lontano da loro, per sempre. Tre figli che non avrebbe visto mai più. Una moglie che una volta lo amava, ora era terrorizzata da lui e aveva minacciato di ucciderlo se si fosse mai presentato a casa sua.

Il suo bere lo aveva fatto sospendere dalla polizia. La seconda volta, il suo comandante gli disse la dura verità. Un'altra sbronza e avrebbe chiuso come poliziotto. Chiuso per sempre.

Ma, quando era sobrio, Jason Norris era la persona più gentile che si potesse incontrare. E un poliziotto dannatamente bravo. Non si poteva incontrare uomo migliore. Onesto, rideva sempre. Non si arrabbiava mai, in quelle piccole situazioni in cui i poliziotti che lavorano in pattuglia si ritrovano ogni settimana.

Solido come una roccia e altrettanto affidabile. Quando era sobrio. Lavorava nella divisione di pattuglia giù a South Side. Il nostro distretto. Io e Frank eravamo nella divisione investigativa. Vedevamo Jason ogni giorno e scambiavamo sempre due chiacchiere con lui. L'avevamo visto molte volte in vari casi di omicidio a cui lavoravamo. Lo consideravamo un amico. Un buon amico.

Così, quando ci ha chiesto di andare a trovarlo in gattabuia e ci ha detto – ci ha giurato – di non aver ucciso la sua ragazza e di non aver assunto nemmeno un goccio di alcol prima di fare sesso con lei – gli abbiamo creduto.

Sì... Due cinici, sospettosi, garruli, vecchi veterani come noi. Gli abbiamo creduto.

Abbiamo visto tutto. Sentito tutto.

Bugie. Alibi.

Scuse.

Cattivi che pensavano di poterla fare franca. Fondamentalmente brave persone che, per una ragione o per l'altra, hanno ceduto, sono passate al lato oscuro e hanno ucciso qualcuno. Gente avida che ha ucciso per guadagno personale. Persone che si comportano da stupide e finiscono per far fuori qualcuno accidentalmente. Abbiamo visto di tutto. E tutti loro – tutti – hanno detto di essere innocenti, all'inizio. Incompresi. Accusati ingiustamente. O che era stato un incidente.

Ho sentito tutto.

Sì, sì, sì... Certo, ragazzo. Certo, sei innocente...

Ma quando Jason ce l'ha detto, mentre stringeva le sbarre di ferro della sua cella con le nocche bianche e lo sguardo di un cervo abbagliato dai fari, gli abbiamo creduto. Non avevamo motivo di credergli. Sapevamo, noi due, per esperienza, che gli alcolizzati ricadevano regolarmente nel baratro e tornavano alla bottiglia. Ma non questa volta. Questa volta abbiamo sfidato la sorte. Abbiamo rischiato sulla parola di un alcolizzato. Gli abbiamo creduto.

Fuori nel parcheggio, muovendomi verso la mia macchina, infilai un paio di occhiali da sole e guardai il mio partner, il gorilla dai capelli rossi. Era una calda giornata d'agosto. Più calda della casa di Lucifero. Più calda di un forno di fusione di un'officina. Camminare sull'asfalto rovente del parcheggio, tra le macchine e i furgoni che riflettevano la luce del sole sui nostri volti, la faceva sembrare ancora più calda.

Guardavo Frank mentre camminavamo perché sapevo che avrebbe fatto domande. Per quanto grande e brutto sia il mostro pel di carota, il ragazzo è intelligente come Einstein al quadrato. Sapevo che la sua mente da computer stava già esaminando il caso in circa sei direzioni diverse.

"Per come la vedo io", cominciò mentre si intravedeva in lontananza la mia Ford Mustang Rousch rossa e bianca, "partiamo dall'idea che qualcuno vuole Jason dietro le sbarre. È stato incastrato da qualcuno che ce l'ha con lui."

Tirai fuori le chiavi della macchina, sbloccai la mia porta e la aprii. Mentre aprivo, alzai lo sguardo, guardai Frank oltre il tetto dell'auto d'epoca e sorrisi.

"Diciamo che non è così. Diciamo che non è qualcuno che porta rancore a Jason. Qual l'alternativa?"

La testa a forma di rettangolo di Frank era a circa un metro e mezzo sopra la linea del tetto della Mustang, mentre i suoi piccoli occhi marroni fissavano i miei. Aveva le labbra arricciate e mi guardava con un occhio solo. Come Braccio di Ferro. Come faceva ogni volta che c'era un sole splendente.

"Cosa mi nascondi, bello? Dai, sputa il rospo."

Il sorriso sulle mie labbra si allargò mentre scivolavo nell'interno infuocato dell'auto e chiudevo la porta. Frank scivolò dalla sua parte, mentre io avviavo il motore V8 da oltre

700 cavalli e accendevo l'aria condizionata. Frank sembrava un pittore surrealista di un Neanderthal ringiovanito. Spalle larghe, testa rettangolare, braccia grandi come le catene dell'ancora della portaerei Ronald Reagan. Alto. Ero alto come Frank. Ma assomigliavo un po' a un attore morto da tempo. Un attore degli anni Trenta. Capelli neri, occhi scuri, baffi sottili, un sorriso sempre presente. La mia personalità si abbina bene con il sorrisetto. O almeno così dicono.

Comunque. Io ero il bel ragazzo. Lui era il Neanderthal.

"Un paio di mesi fa, eravamo seduti in un tavolo da Dewey a bere un caffè. Tu eri in bagno. Stavamo parlando di famiglie, di vita matrimoniale... sai, parlavamo e basta. Jason mi disse che gli mancava vedere i suoi figli. Gli chiesi se pensasse che si sarebbe mai risposato. Alzò lo sguardo dalla sua tazza di caffè e scosse la testa. Mi disse che avrebbe fatto in modo di non mettere di nuovo incinta qualcuno."

Dewey's era una tavola calda nella zona industriale della città, vicino al fiume Brown, dove ci piaceva andare spesso. Lo stesso vale per molti altri poliziotti. Come Jason.

"Quindi stai pensando che Jason non c'entri. Il centro della questione è la ragazza morta. E Jason è stato usato come capro espiatorio", ringhiò Frank, accigliandosi e guardandomi.

"Potrebbe essere", annuii, premendo il pedale della frizione e schiaffeggiando il cambio in seconda. "Se si è fatto operare. Se il bambino non è suo."

"So come scoprirlo", ringhiò Frank, prendendo il cellulare e portandoselo all'orecchio.

Due telefonate. Una al sergente alla scrivania del carcere per chiedere a Jason il nome del suo medico. La seconda chiamata al medico. Risultato finale: Jason era stato sistemato. Ma c'era un problema. Jason si era fatto operare. Ma di recente. Nelle ultime tre settimane. L'embrione nella ragazza morta aveva almeno sei settimane.

"Quindi il bambino potrebbe essere suo", dissi mentre guidavamo nel traffico del tardo pomeriggio senza meta. "Hanno fatto un controllo del DNA sul bambino per vedere se era suo?"

Un'altra telefonata. Questa volta all'obitorio. E la risposta: non così buona.

"No. Non hanno controllato il DNA del bambino", disse Frank, chiudendo di scatto il telefono e guardandomi. "Non l'hanno fatto perché quel test è costoso e non lo ritenevano necessario. Potrebbero farne uno se tu gli dessi l'ok. Ma un test del DNA richiede settimane per avere i risultati."

Girando a destra, in una strada meno frequentata, accelerai ascoltando il rumore degli oltre 700 cavalli del motore sotto di noi che rombava piacevolmente. Guidammo per un po', lo confesso, la mia mente era altrove. Pensavo. Riflettevo sul caso. Fino a quando la voce profonda di Frank ruppe il silenzio.

"Pensi ancora che il nostro ragazzo sia innocente?"

"Lo penso ancora", annuii, accigliandomi. "Tutto quello che il procuratore distrettuale ha su Jason potrebbe essere stato architettato ad arte."

"Ma il livello di alcol nel sangue. Come ha fatto ad ubriacarsi se non ha bevuto?"

Mi accigliai di nuovo e scossi la testa. L'auto si muoveva come un'orca assassina che sfiora le onde dell'oceano in cerca di foche da sgranocchiare. Mi stavo allontanando dal traffico del centro, ma senza un posto particolare in mente, era una cosa che facevamo spesso quando lavoravamo a un caso e ci trovavamo nel limbo dell'indecisione.

"Chiama di nuovo la scientifica e chiedi a Joe di leggerci il rapporto tossicologico."

Joe era Joe Weiser. Tecnico di laboratorio ed esperto di medicina legale. Un ragazzo prodigio che mastica gomme continuamente, sorride sempre, ha la faccia brufolosa ed è bravo nel suo lavoro. Uno di cui ci fidavamo.

Frank stette al telefono per cinque minuti mentre guidavo. Quando riattaccò, aveva le labbra contratte, la cosa più vicina ad un sorriso per Frank.

"Anfetamine." Abbastanza per stendere Jason e tenerlo a terra per ore. E senti questa: Joe ha detto che Jason aveva il segno di un ago tra l'alluce e il medio del piede destro. Un grosso livido. Una prova."

Annuii e rivolsi un'occhiata a Frank.

Qualcuno potrebbe aver steso la sua vittima con delle anfetamine e avergli somministrato lentamente una flebo di alcol. Abbastanza alcool da far impazzire l'alcol test.

"È ora di cominciare a indagare sulla vittima, direi."

"Anch'io", concordò Frank.

Lavoro da poliziotto.

Tre quarti erano domande di routine. Un quarto di intuizione.

Si fanno domande. Per lo più le stesse domande, più e più volte. Osservi le facce di coloro con cui parli. Guardi i loro occhi. Osservi le loro mani. Osservi come si siedono sulla sedia. Ascolti il timbro delle loro voci. Piccole cose. Sempre le piccole cose.

Non è tanto quello che dicono. È come lo dicono. E quello che ti dicono senza dire una parola. A volte i testimoni e i sospettati dicono di più a un poliziotto in quel modo che non nelle loro dichiarazioni.

Un buon esempio sarebbe il dottor Thomas Pope.

Pope continuava a piegare le mani sul grembo mentre sedeva su una sedia nel suo ufficio e parlava con noi. Il dottor Pope era un ginecologo. La donna morta, a proposito, era Holly Harris. L'infermiera Holly Harris era l'infermiera principale dello studio privato del dottor Pope.

Nel tardo pomeriggio, Frank ed io andammo a trovare il dottor Pope nel suo ufficio. Era la fine della giornata, e il buon dottore stava per andarsene a casa per la notte, dalla sua bella moglie, alla sua casa con cinque camere da letto, alla sua serata con la moglie al club a bere qualcosa e a condividere un pasto con gli amici.

"Solo un paio di domande, dottore. Solo un paio di minuti del suo tempo. È tutto quello che chiediamo", dissi mentre eravamo.

"Bene", disse la voce profonda dell'uomo mentre guardava frettolosamente il Rolex da mille dollari al polso e poi verso di noi. "Ok, ma non ho molto tempo. Devo andare a prendere mia moglie alle sei e poi abbiamo una cena al club con il sindaco e qualche altro amico."

Thomas Pope era sulla cinquantina. Capelli sale e pepe. Occhi azzurri. Bei denti. Un'abbronzatura dorata e naturale. Di bell'aspetto. Né magro né grasso. Indossava un abito di Armani e una cravatta di seta rossa intorno al collo, con una grande spilla di diamanti infilata nel mezzo.

"Non capisco bene perché sto parlando con due detective, signori. Pensavo che questo caso fosse chiuso e che il colpevole fosse dietro le sbarre."

"È proprio per questo che siamo qui", disse Frank, osservando l'elaborato complesso di uffici del dottore mentre ci dirigevamo verso il suo. "È sorto un dubbio sulle prove."

"Oh?" Disse Pope, guardandoci dopo essersi seduto su un divano di pelle nera nel suo ufficio, incrociando le gambe e piegando le mani sul suo grembo. "Cosa avete scoperto, se posso chiedere?"

"In realtà, ci sono un paio di cose", dissi dopo esserci seduti su un divano proprio di fronte al dottore. "Un paio di cose che gettano una luce diversa sul caso."

Mani.

Si ripiegavano su sé stesse. Le allungò e aggiustò l'angolo di una rivista che giaceva sul tavolino tra di noi, prima di ripiegarle di nuovo.

"Sì?"

"Abbiamo appena scoperto che il poliziotto accusato di omicidio ha un grosso livido sul piede. Tra un paio di dita, apparentemente causato da qualcuno con una siringa. Nel suo sangue sono state trovate anfetamine, oltre all'alcol. Una quantità davvero grande di anfetamine."

"Sembra che l'uomo fosse un consumatore di droga, oltre che un alcolizzato", disse il dottore sorridendo tristemente.

Mani.

In movimento. Non stavano ferme un secondo.

Sorrisi.

"Il poliziotto ha un passato da alcolista, questo è vero. Ma niente droghe. Non è mai stato noto per l'uso di droghe. Quindi è qualcosa di nuovo per noi su cui indagare."

"Temo, dalla mia esperienza nel trattare con i pazienti, che prima o poi un alcolizzato venga coinvolto nella droga. So che quest'uomo era piuttosto violento quando beveva. Hollie mi ha menzionato un paio di volte le sue preoccupazioni per la sua sicurezza, quando lui si ubriacava."

"Diceva che il suo ragazzo beveva?" Chiese Frank, mentre cercava di non guardare le mani del dottore.

"Temo di sì, detective. A quanto pare gli piaceva il whisky. Molto."

Mani. In movimento. Questa volta per raddrizzare la cravatta sotto la giacca del vestito, prima di piegarle in grembo.

"Sì, il suo tasso di alcolemia era piuttosto alto", concordai e sorrisi. "Ma essendo un medico e tutto il resto, forse potrebbe aiutarci riguardo una nostra teoria. Sa dirci se è fattibile falsificare i risultati? Far sembrare che un uomo sia ubriaco anche se non ha bevuto una goccia d'alcol?"

Mani. Mani che si strofinano delicatamente tra loro.

"Qual è la vostra teoria?"

"Ci abbiamo pensato un po'. Cercando di trovare una possibile difesa per l'accusato. Un esperto come lei potrebbe essere in grado di dire se è possibile o meno che sia stato fatto", dissi, guardando dritto negli occhi blu del dottore.

"Sì?"

"Qualcuno potrebbe aver messo una pillolina nel caffè o nel tè del tizio", disse Frank, con gli occhi fissi sul dottore. "Sa, qualcosa che mandi ko. Una pillolina. Abbastanza forte da stendere il tizio. Stordito, si becca un ago collegato a un sistema di alimentazione intravenosa e gli si infila abbastanza alcol da farlo ubriacare. È possibile che succeda una cosa del genere?"

Questa volta non le mani. Gli occhi.

Gli occhi che si allargano. Leggermente. Lo sguardo di panico, per un secondo o due. E poi di nuovo normale.

"Beh... Suppongo che si possa fare. Sì, tecnicamente è possibile. Ma sembra un po' inverosimile, non crede? Specialmente con la reputazione di quell'uomo. Perché qualcuno dovrebbe essere così... così ingegnoso da inventarsi un piano del genere?"

"Ah, questo ci porta alla seconda prova", dissi, il sorriso sulle mie labbra si allargò. "Sembra che la vittima fosse incinta di sei settimane. Penso che lei non lo sapesse. L'accusato non lo sapeva. Infatti, l'accusato non avrebbe potuto metterla incinta, dato che si era fatto operare chirurgicamente per evitare che ciò accadesse. Quindi, chiunque abbia ucciso la nostra vittima, sapeva già che era incinta. Un motivo sufficiente, sospetto, per sviluppare un piano."

Mani.

Le portò alle labbra e poi in basso. I suoi occhi si riempirono di orrore. Colpevole. Colpevole come Giuda, e sapeva che avevamo capito. Lo sapevamo e aspettavamo che dicesse qualcosa. Che dicesse qualcosa per difendersi. Ma ce lo lesse in faccia. Avevamo le prove. C'era il feto di sei settimane. IL DNA. Il suo DNA.

Mani. Mani che si contorcono.

Mani sul grembo.

Per l'ultima volta.

"Non sapeva di essere incinta. Io lo sapevo. L'altra sera è venuta in ufficio e ha detto che avevamo chiuso. Finita. Niente più sesso. Potevo tenermi mia moglie e i miei privilegi al golf club. Ha detto che aveva trovato qualcuno e si era innamorata. Stava chiudendo. Mi lasciava. Avevamo chiuso. Io ... Sono impazzito. Continuavo a chiedermi se potessi fidarmi di lei. Avrebbe mantenuto la sua promessa e non avrebbe mai rivelato la vera identità del padre di suo figlio?

Non mi sono mai considerato un uomo vendicativo e possessivo. Ma non potevo sopportarlo. Non potevo sopportare il pensiero di perderla. Ogni volta che la toccavo, tutto il mio corpo esplodeva dal desiderio di possederla. Io ... Non potevo lasciarla andare! Non potevo sopportare il pensiero di perderla. Specialmente perderla per un poliziotto alcolizzato."

Più tardi quella notte svegliammo l'assistente del procuratore distrettuale, Victor Koffsky, dal suo letto. Bussammo come forsennati, rudemente, sulla porta d'ingresso, ci attaccammo al campanello e gridammo, svegliando i vicini del suo elegante quartiere di periferia, finché lui non venne alla porta. Quando aprì la porta era incazzato. Abbastanza incazzato da mangiarsi le unghie. Peccato. Gli dicemmo di mettere il culo su dei vestiti e di venire in centrale con noi. Era il momento di far uscire di prigione un innocente. Non discusse. Lo leggeva nei nostri occhi. Dicevamo sul serio.

Venne con noi senza fiatare.

# SPORCO

Era spaventato.
Nervoso.
Circospetto.

Seduti al tavolo, guardandolo attraverso la grande vetrata di Dewey's, si vedeva che era più teso di una corda di violino. La testa continuava a fare avanti e indietro con movimenti rapidi, a scatti. Più volte si fermò, si girò e scrutò la strada dietro di lui. Si fermava spesso... esitando nervosamente prima di attraversare. Esitava come se si aspettasse che un camion di cemento arrivasse e lo trasformasse in una macchia di grasso da un momento all'altro.

Si portò le mani davanti al viso e vi soffiò un pò di calore, prima di infilarle nel suo cappotto blu scuro. Giù al fiume faceva più freddo che in Siberia, come sempre alla fine di gennaio in questa città. Indossava un cappello blu tirato giù sulle orecchie, sbuffi di vapore gli uscivano dalla bocca in rapide raffiche come una mitragliatrice, mentre il piccolo uomo si fermava a studiare il parcheggio della tavola calda di fronte a lui.

Già. Non ci voleva molto a capire che Davie Higgins era un ladruncolo spaventato.

Sfrecciando in strada, a zig-zag come una star della NFL in una partita della domenica pomeriggio, Davie si fece strada nel traffico e attraversò il parcheggio della tavola calda. Aprì la porta ed entrò nel calore della tavola calda con un movimento veloce e fluido, i suoi occhi osservavano tutti con sguardo rapido ed esperto. Quando ci vide al nostro solito posto, si mosse per raggiungerci.

Mi spostai per fargli posto e feci cenno a Dewey di portare una tazza di caffè caldo, nero come il carbone. Davie avrebbe avuto bisogno di molto caffè per scongelarsi in una giornata come quella. Dewey, il proprietario del locale, faceva un caffè abbastanza forte da spegnere un reattore nucleare.

Dewey's è uno dei nostri diner preferiti. È un grande ristorante in alluminio che sembra uscito direttamente dagli anni Cinquanta, piazzato lungo il fiume. Buon cibo. Ottimo per le tasche. Frank, il mio partner alla Omicidi negli ultimi cinque anni, ed io, ci mangiamo spesso. Come molti altri poliziotti che lavorano con noi nel distretto di South Side.

"Ragazzi, grazie per avermi incontrato qui, così di fretta."

Frank, il gorilla dalla barba rossa che era il mio compagno, annuì e indicò la tazza di caffè che scivolava sul tavolo.

"Prima scongelati e poi parla. Mi viene freddo solo a guardarti."

Un sorriso balenò sul volto sparuto e incolto di Davie, mentre prendeva la tazza con entrambe le mani. Si poteva quasi vedere il caffè che scongelava il suo corpo intirizzito.

Gli lasciammo bere la prima tazza di caffè e aspettammo che Dewey la riempisse di nuovo, prima di parlare.

"Ok, Danny. Che succede? La tua chiamata sembrava urgente."

Abbassò la tazza, tenendola ancora con entrambe le mani,

guardò noi due e poi i pochi ancora seduti nella tavola calda. Glielo si leggeva in faccia e negli occhi: voleva parlare. Si poteva anche intravedere la genuina paura che lo tratteneva.

"Sentite, ragazzi, devo lasciare la città. Devo andarmene adesso. Anche stare qui a parlare con voi mi costa. Ma il fatto è che... Ho bisogno di soldi. Così ho pensato a te, Turn. Ho sentito che sei ricco sfondato. Ho pensato che forse potresti prestarmi qualche dollaro."

Guardai il volto dell'ometto, aspettandomi quasi che il ladro scoppiasse a ridere. Sembrava uno scherzo. Uno dei famosi scherzi di Davie. Me ne aveva già fatti alcuni in passato. Aveva persino coinvolto Frank. Ma il suo sguardo, quello di un cervo in fuga dai lupi, mi convinse che non era uno scherzo. Era tutto vero.

"Cos'è successo, Davie?" Frank grugnì, bevendo il suo caffè e guardando fuori dalla grande vetrata panoramica accanto a lui. Cercava qualcosa che potesse essere fuori posto, forse. Ad esempio, un'auto con il motore acceso con due uomini seduti dentro, come se stessero aspettando qualcuno.

Davie si sporse a metà del tavolo e abbassò la voce a poco più di un sussurro.

"Ho visto un omicidio ieri sera. L'ho visto con i miei occhi. Ho visto due di loro afferrare questa ragazza e gettarle un cuscino in faccia. Lei ha lottato. Ha scalciato. Ha cercato di scappare. Ma questi ragazzi erano bravi. Sapevano cosa stavano facendo."

Frank mi lanciò un'occhiata e mi fece un leggero cenno verso la finestra.

I miei occhi si mossero a malapena. Ma abbastanza.

Nel parcheggio, circa sei file più indietro, due tizi in trench pesanti sedevano in una Caddy Seville nera. L'autista aveva entrambe le mani sul volante e indossava guanti di pelle nera. Entrambi indossavano un cappello a tesa media e lo tenevano abbassato sugli occhi. Non c'era modo di vedere bene i loro volti.

Il piccolo ladro non aveva visto la macchina. Era troppo occupato a trangugiare caffè caldo e a mangiare una grossa ciambella che Dewey aveva portato e spinto davanti a lui sul tavolo.

"Comincia dall'inizio", dissi, tenendo gli occhi sull'omino, senza guardare altrove. "Raccontaci tutto."

"Sì, sì... Conosco la routine. Stavo... beh... lavorando a una rapina ieri sera. Sulla Belmont Drive. Sai, quel piccolo museo d'arte. Quel piccolo museo d'arte che una ricca vedova ha costruito qualche anno fa. Quel posto."

Annuii. Sapevo esattamente dove fosse la sera precedente. Sapevo esattamente cosa stesse facendo. Montando in servizio quella sera, uno dei bollettini quotidiani era un rapporto su una tela molto costosa rubata dal Museo Harlin sulla Belmont.

"Vai avanti", dissi, prendendo la mia ciambella.

"Stavo usando una corda e mi stavo calando da un lucernario, vedi. Più o meno a metà della discesa ho dato un'occhiata fuori da una delle loro vetrate. Di fronte al museo c'è un complesso di appartamenti di lusso. Il retro di un complesso di lusso. Tutti i balconi danno sul museo. Bene, vedo questa ragazza bionda che barcolla. Aveva lasciato le tende della porta a vetri del balcone spalancate, e la vedevo chiara come il giorno. Venticinque... forse trent'anni. Al massimo."

Frank ascoltava e coglieva ogni parola. Ma i suoi occhi erano puntati sui due uomini in macchina. Sembrava che i due nell'auto avessero notato l'interesse di Frank. Con la coda dell'occhio, vidi una sagoma scura scivolare fuori dal parcheggio di Dewey e scomparire.

"Vedevo che era agitata. Spaventata. Stava con la schiena schiacciata contro il vetro e ha tirato fuori una mano come per spingere via qualcuno. È stato allora... è stato allora che i due grossi uomini l'hanno afferrata e soffocata con il cuscino."

"Descrivili", grugnì Frank, rivolgendo la sua attenzione all'omino di fronte a lui.

"Non ho visto le loro facce, Frank. Come ho detto, la ragazza ha lottato. Hanno girato e rigirato come degli yo-yo impazziti per un po', finché uno di loro l'ha afferrata da dietro e l'ha tenuta ferma."

"Quindi non li hai visti in faccia", ripetei.

"Non in quel momento, Turn. Non in quel momento. Ma un paio di minuti dopo ho visto un volto. Dopo che la ragazza si è accasciata, l'hanno trascinata nell'appartamento. Ma uno di loro è tornato indietro a chiudere le tende."

"Lo riconosceresti?" Frank grugnì, guardando di nuovo fuori dalla grande vetrata.

Davie non rispose immediatamente. Il piccoletto rabbrividì violentemente. Il colore del suo viso si prosciugò. Divenne pallido come uno dei cadaveri che giacevano nell'obitorio della città. I suoi occhi sembravano quelli di un animale in trappola mentre le sue mani sollevavano la tazza alle labbra e tiravano un lungo sorso di quel caffè nero e bollente.

"Io ... Penso che mi abbia visto, ragazzi. Mi ha visto in qualche modo appeso alla corda. Questo è il motivo per cui devo lasciare la città. Se mi ha visto, sono praticamente morto. Quel figlio di puttana non scherza. Mi taglierebbe la gola in un batter d'occhio. Dovete credermi, ragazzi! Non posso restare qui! Devo andarmene... devo andarmene da qui e andare il più lontano possibile!"

"Chi ti ha visto?" Chiesi a bassa voce. "Dacci un nome e andiamo a pizzicarli. Ci assicureremo che non vengano a cercarti."

"Ha!" Un abbaiare sardonico sfuggì dalle labbra dell'ometto mentre abbassava la sua tazza di caffè e scuoteva la testa in divertita impotenza. "Non prenderai questi ragazzi. Non ho mai sentito di un poliziotto che becca un altro poliziotto. Inoltre, anche se lo facessi, dove ti porterebbe? Sto lasciando la città, ragazzi. Non rimango qui e di sicuro non testimonierò contro di loro. Posso sembrare stupido, ma non sono così stupido."

"Stai dicendo che un poliziotto ha ucciso questa donna?"

"Ho visto la brutta faccia sorridente di Mickey Mulligan proprio come sto vedendo la tua, Frank. Lo stronzo si è avvicinato alla finestra, masticando quel dannato stuzzicadenti che ha sempre in bocca, ha guardato fuori per vedere se ci fosse qualche curioso, e poi ha chiuso le tende. Chiaro come il sole."

Mickey Mulligan era il sergente detective Mickey Mulligan. Un detective della sezione Omicidi, con sede nella divisione Downtown della polizia cittadina. Il suo partner si chiamava Iggie Johansson.

Poliziotti.

Losco. Un tipo losco, ma intelligente. Molti nel dipartimento credevano che i due fossero corrotti. Lavoravano come gorilla per un boss del crimine locale. Sia io che Frank li conoscevamo abbastanza bene. Avevamo avuto la nostra dose di scontri con loro.

Ci avrebbe fatto molto piacere poterli ammanettare e portarli dentro con qualche accusa dimostrabile. Come un omicidio.

"E tu pensi che ti abbia visto", dissi, accigliandomi. "Ti avrebbe visto attraverso una finestra del museo nel cuore della notte?"

"Forse sì, forse no. Diavolo, sono troppo spaventato per saperlo con certezza. Tutto quello che so è questo. Se pensa che qualcuno lo abbia visto in piedi a quella finestra subito dopo aver ucciso quella ragazza, quel qualcuno è un uomo morto. E non ho intenzione di restare nei paraggi per scoprire cosa succede dopo. Quindi te lo chiedo, Turner... te lo chiedo come uno che vi ha dato un sacco di buone dritte su altre cose che succedono in questa città... Ti sto chiedendo se mi presti dei soldi."

Mi accigliai e guardai l'orologio. Erano quasi le quattro del pomeriggio. La filiale più vicina della mia banca era a dieci isolati. Ci sarebbe voluta, nel traffico del pomeriggio, una buona ora per andare e tornare. Un'ora che non volevo che Davie sopportasse da solo.

"Andiamo", dissi, spingendo il ladruncolo.

"Dove andiamo?" chiese, scivolando fuori e girandosi a fissarmi.

"Il bancomat più vicino è a circa cinque isolati da qui. Posso tirare fuori forse cinque banconote da cento. Posso procurartene altri domani, se sei disposto a rimanere nei paraggi."

"No, fratello", disse Dave, scuotendo la testa, la sua voce suonava ferma. "Cinquecento è più che sufficiente. So dove sto andando e saranno sufficienti per arrivarci."

"Ci sentiremmo molto meglio se ci permettessi di rimboccarti le coperte in un posto caldo e sicuro per un po'. Solo per la notte. Sai, non si sa mai, e poi domattina ti saluteremo", Frank ringhiò, parlando piano.

"Grazie, ragazzi. Per tutto. Ma so come prendermi cura di me stesso. Dove sto andando non mi troverà nessuno."

E con quelle ultime parole ci salutò davanti al bancomat. Ci lasciò al freddo. Si allontanò, chiamò un taxi e scomparve nel traffico intenso. Guardammo il taxi partire, in silenzio, sapendo che quello stupido figlio di puttana non avrebbe superato la notte.

Guidammo fino a The Esquires, il complesso di appartamenti in cui Davie aveva detto di aver visto commettere un omicidio. Non ci volle molto per trovare il corpo. Dondolava da un lenzuolo legato a una trave di legno del soffitto. Sotto i suoi piedi penzolanti c'era una sedia che era stata calciata via. Su un tavolino di vetro c'era una lettera di suicidio scritta a macchina. Una lettera senza firma.

"Davie è in un mare di merda, se questo è davvero un omicidio", ringhiò Frank, accigliandosi e scuotendo la testa. "Se Mulligan l'ha visto appeso a una corda nel museo, il nostro piccolo amico ha le possibilità di un fiocco di neve all'inferno."

Annuii, mi girai e andai verso le tende che nascondevano la porta di vetro scorrevole che dava sul balcone. Aprendole, guardai dall'altra parte della strada e nella vetrata del museo dove Davie aveva detto di trovarsi quando aveva visto Mickey Mulligan. Era più o meno la stessa ora della notte in cui era avvenuto l'omicidio. Senza sorpresa notai che c'era abbastanza luce nel museo per vedere abbastanza chiaramente all'interno. Forse non abbastanza luce per vedere una faccia. Ma una luce più che sufficiente per vedere una forma scura appesa a una corda a mezz'aria.

Iggie e Mickey erano abbastanza intelligenti da capirlo. Non ci sarebbe voluto molto per capire che l'unico ladro con l'esperienza, e la convinzione necessaria per rapinare un museo di alta sicurezza era Davie.

Presi il cellulare nel mio cappotto e chiamai Joe Weiser e la sua squadra della scientifica. Poi chiamai il nostro comandante di turno, il tenente Yankovich, e gli dissi che dovevamo sederci a parlare. Due ore dopo, eravamo seduti nell'ufficio del tenente con la porta chiusa e lo guardavamo strofinarsi con un lungo dito ossuto la vena che pulsava visibilmente sulla sua fronte.

"Quegli stronzi", grugnì, scuotendo la testa in modo selvaggio. "Sono anni che fanno il doppio gioco. Aspetto di arrestarli e portarli dentro dal primo giorno in cui li ho incontrati. Ma sono bravi. Sono esperti nel coprire le loro tracce. Scommetto che il medico legale se ne uscirà con un rapporto che è, nel migliore dei casi, inconcludente. Potrebbe essere stata uccisa per soffocamento. Ma l'impiccagione avrà coperto ogni traccia."

Questo era il nostro pensiero. Avevamo già avuto i nostri scontri con Iggie e Mickey. Un anno prima i due avevano fatto fuori una coppia di nostri amici, ma l'avevano fatto sembrare un omicidio-suicidio.

"La cosa che mi fa incazzare è che non posso dire un bel niente al capo dei detective. Né posso parlarne agli affari interni. Il capo pensa che questi due bastardi siano detective di prim'ordine. Sono una coppia di suoi ragazzi. E gli affari interni non vogliono sentire nulla senza qualche prova tangibile a sostegno delle affermazioni. In altre parole, ragazzi, senza qualche prova che li coinvolga in questo omicidio, non abbiamo niente. Peccato che il tuo ladruncolo non sia voluto restare. Ma capisco le sue ragioni."

"Troveremo delle prove, Yank. Se le analisi del laboratorio non ci daranno la conferma di un omicidio, quello di cui abbiamo bisogno da te è di etichettarlo come una incidente sospetto."

"Ah... Ho capito dove volete arrivare", annuì il tenente, sorridendo. "Pensate che i due credano di averla fatta franca con questo omicidio. Ma un incidente sospetto rende necessaria un'inchiesta ufficiale. Volete attirarli nel casino. Farli agitare. Non corre buon sangue tra voi e loro. Pensate che potrebbero fare qualcosa di stupido e uscire allo scoperto. Bene. Mi piace. Mi piace."

Mentre uscivamo dall'ufficio del tenente, Frank tirò fuori il suo cellulare e cominciò a digitare dei numeri.

"Casa?" Chiesi.

"No", disse lui, scuotendo la sua testa massiccia. "Se Iggie e Mickey sono coinvolti, allora questa ragazza è in qualche modo collegata al loro capo."

Nathan Brinkley.

Molta gente pensava che il giocatore d'azzardo tranquillo, ben vestito, bello e professionale gestisse la città. Non offrirei troppe argomentazioni contro questa idea. Sembrava che Brinkley avesse le mani in pasta ovunque nella politica cittadina. Era particolarmente forte nella politica delle circoscrizioni a livello locale. Aveva un'abilità nel fare la carità alle persone e nel farle sentire importanti – mentre nel frattempo gli piantava una lama nel cuore.

Ma finora l'uomo era stato meticoloso nel tenere il suo nome fuori dai giornali e lontano da qualsiasi accusa criminale. La stampa amava quell'uomo. Sembrava che fosse sui notiziari locali ogni giorno della settimana.

Qualche telefonata, qualche promessa fatta a qualche socio e ottenemmo quello che cercavamo. La ragazza morta era la compagna di Nathan Brinkley. Era una modella di alta moda che aveva conosciuto a New York. Era bella. Un'ottima ascoltatrice. Parlava molto quando si ubriacava. Non riusciva a tenere la bocca chiusa. Apparentemente aveva detto un paio di cose in alcuni nightclub locali, che avevano fatto arrabbiare Brinkley.

"Era diventata un peso", annuì Frank, chiudendo di scatto il telefono dopo la sua ultima telefonata. "Sapeva troppo e non riusciva a tenere la bocca chiusa."

"Così Brinkley ha detto a Iggie e Mickey di pulire il casino. E di farlo in modo silenzioso ed efficiente."

Iniziai a parlare, ma il mio cellulare vibrò.

"Turner, ascolta... mi vogliono morto. Due sicari di Detroit sono arrivati ieri sera per farmi fuori. Si dice che una certa persona che conosciamo pensi che io sappia troppo. Hanno la città in pugno. Non posso muovermi senza essere visto. Io... ho bisogno del tuo aiuto."

Era Davie che parlava. Sembrava... strano.

"Davie, dove sei? Lasciaci venire a prenderti e portarti in un posto sicuro."

"Sì... sì, facciamo così. Ci sono occhi ovunque che mi cercano. Sono nell'appartamento della mia ragazza. Angolo tra Douglas e Haig, appartamento ventidue."

"Davie, chiudi la porta e stai lontano dalle finestre. Saremo lì tra dieci minuti."

Ci mettemmo diciotto minuti per arrivare all'angolo tra la Douglas e Haig. Scendendo dalla macchina guardammo entrambi il posto e ci accigliammo. Era un vecchio hotel nella parte brutta della città. Una bettola dove chi lavorava in strada di notte, o gestiva scommesse clandestine per i pezzi grossi, poteva permettersi di vivere. Nel momento in cui i nostri occhi analizzarono il luogo, percepirono cattive vibrazioni.

"Pensi quello che penso io?" mi chiese quel brutto ceffo del mio socio mentre si sbottonava casualmente la giacca sportiva.

"Se stai pensando all'ultima scena di Butch Cassidy e Sundance Kid, allora sì, è quello che sto pensando."

Una trappola. Sembrava una trappola. Sembrava il posto perfetto per una trappola. Puzzava di trappola. Sbottonandomi il cappotto, allungai la mano ed estrassi la pesante calibro .45 Kimber e feci scivolare il caricatore indietro per inserire un colpo. Da dietro la schiena, presi la calibro .380 Walther PPK che usavo come pistola di riserva.

Entrammo in silenzio. Entrando dalla porta principale, ci trovammo in un lungo corridoio pieno di odori di cento varietà diverse. Ai lati del corridoio c'era una lunga serie di porte di appartamenti, tutte chiuse e vistosamente silenziose. Alla nostra sinistra, una serie di scale scricchiolanti e molto vecchie salivano al secondo piano. Nel modo più silenzioso possibile, salimmo le scale, con le pistole spianate, anticipando l'inizio dei fuochi d'artificio da un momento all'altro.

Trovammo la porta dell'appartamento 22 parzialmente

aperta. Frank, usando la canna della sua Glock 9 millimetri spinse la porta ad aprirsi ulteriormente, mentre io rimanevo nel corridoio, dandogli le spalle, aspettando che qualcuno uscisse da uno degli appartamenti con una pistola in mano.

"Davie è morto", ringhiò Frank dietro di me. "È appena successo. Sta ancora sanguinando, lo senti l'odore della polvere da sparo?"

Una porta si aprì. Poi una seconda porta. Due ragazzi uscirono nel corridoio con delle mitragliette in mano. Una sparatoria esplose in quel corridoio. Mi tuffai a terra, sparando con entrambe le pistole a uno dei tiratori. Frank si inginocchiò e iniziò a sparare all'altro bersaglio. La pioggia di colpi di mitragliatrice era incredibilmente forte e distruttiva. I proiettili sparati dai musi tozzi delle mitragliette masticavano i muri, lanciando nuvole di schegge volanti ovunque. Dall'interno di uno degli appartamenti una donna cominciò a urlare istericamente.

E poi finì velocemente così come era iniziata. I nostri due tiratori si rintanarono nelle rispettive stanze e scomparvero completamente. Rivolsi uno scontato sguardo sorpreso al mio partner. Ma altre sorprese ci aspettavano. Tornando in piedi, sentii un'altra serie di porte aprirsi e sbattere forte dietro di me. Girandomi, alzai rapidamente la Kimber, vidi altri due tiratori emergere nel corridoio. Questa volta avevano dei fucili, con le brutte canne alzate, e già ci puntavano addosso. Ma prima che avessi il tempo di muovermi – prima che Frank avesse il tempo di voltarsi – scoppiarono degli spari e vidi i due tiratori barcollare indietro dopo essere stati bersagliati da più colpi.

Sorpreso da questo salvataggio inaspettato, mi girai per vedere chi fossero i nostri salvatori.

Iggie Johansson e Mickey Mulligan.

Entrambi, in piedi in cima alle scale con le pistole in mano, stavano a guardarci con il sorriso sulle labbra. E dietro di loro?

Due giornalisti e due fotografi. Giornalisti di un giornale di proprietà di Nathan Brinkley. I fotografi scattavano foto a ripetizione premendo le dita sulle loro macchine fotografiche più veloce che potevano. I due reporter si precipitarono da dietro Iggie e Mickey e corsero verso di noi con i registratori digitali sollevati per catturare ogni parola.

Come ci si sente ad essere salvati dai detective Johansson e Mulligan? Volete commentare come abbiamo saputo che Davie Higgins era coinvolto nell'omicidio di una bella modella? Chi ha mandato questi sicari a ucciderla? Credete che i vostri due amici dovrebbero ricevere una medaglia per avervi salvato la vita?

Mi girai e guardai il volto sorridente di Iggie Johansson. L'uomo dalla carnagione scura e dagli occhi scuri, con lo stuzzicadenti in bocca, mi guardò. Il sorriso sulle sue labbra si allargò mentre alzava una mano e accennava un saluto.

Non avremmo preso Iggie e Mickey, non ci sarebbe stata nessuna accusa di omicidio. Al calar della sera, i giornali di Nathan Brinkley avrebbero pubblicato la storia a colori sfolgoranti sulle loro prime pagine acclamando questi due come eroi. Il capo degli investigatori sarebbe stato citato per l'alta considerazione che aveva di questi due investigatori e del lavoro che avevano fatto. Avrebbero ricevuto le loro medaglie al valore, appuntate sul petto dal sindaco in persona.

E Nathan Brinkley? Nathan Brinkley sicuramente stava ridendo. Stava ridendo con un compiaciuto sorriso da Stregatto per aver ancora una volta ostacolato i nostri sforzi per abbatterlo.

Caro lettore,

Speriamo che leggere *Pistole, Gambe, Fantasmi e Gangster* ti sia piaciuto. Per favore, prenditi un attimo per lasciare una recensione, anche breve. La tua opinione è molto importante.

Saluti

B.R. Stateham e il team Next Chapter

Ti potrebbe anche piacere:
Il male sorge di B.R. Stateham

# L'AUTORE

B.R. Stateham è un vecchio bisbetico di settantadue anni con un'immaginazione sconclusionata che non smette mai di inventare nuove storie, come i racconti di Turner Hahn e Frank Morales. Attualmente ci sono quattro romanzi e due raccolte di racconti che hanno questi due come protagonisti. E ne arriveranno altri.

Ma l'autore ha altri personaggi là fuori. Che vivono e lavorano nei loro rispettivi mondi. Mondi noir e mondi di fantasia. Ancora, con altri che verranno.

Pistole, Gambe, Fantasmi E Gangster
ISBN: 978-4-82410-710-7

Pubblicato da
Next Chapter
1-60-20 Minami-Otsuka
170-0005 Toshima-Ku, Tokyo
+818035793528

22 settembre 2021